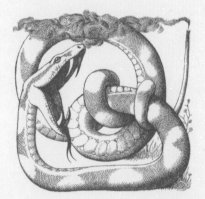

LAS AVENTURAS DE PINOCHO

CARLO COLLODI

LAS AVENTURAS
DE PINOCHO

Ilustraciones de Iassen Ghiuselev

EDITORIAL JUVENTUD, S. A.
Provença 101 - 08029 Barcelona

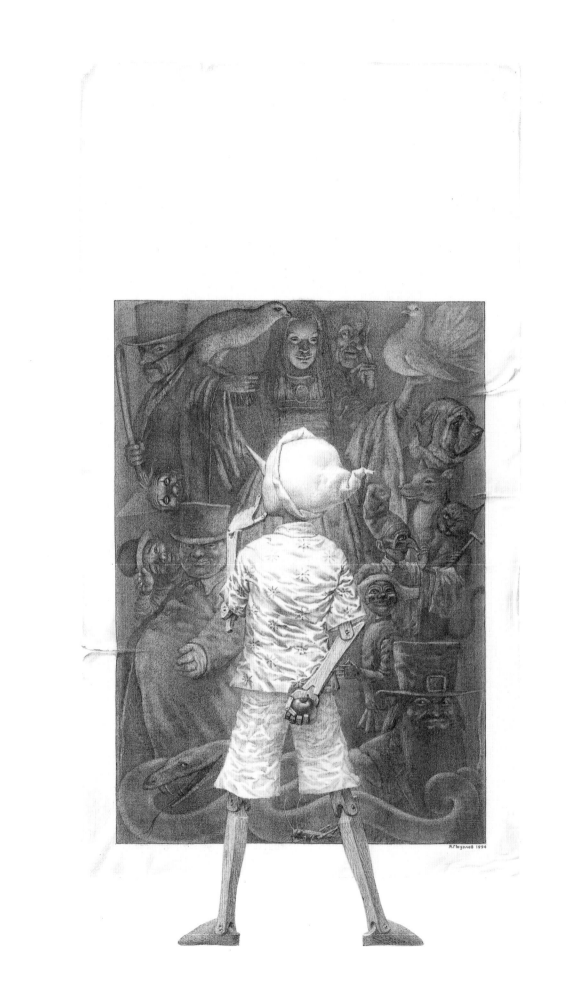

ÍNDICE

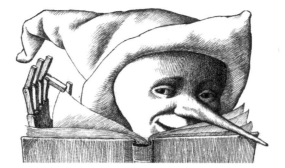

CAPÍTULO I

De cómo sucedió que Maese Cereza, carpintero,
encontró un pedazo de madera que lloraba y reía como un niño

Era una vez... «¡Un rey!», dirán en seguida mis pequeños lectores. No, niños, os habéis equivocado. Era una vez un pedazo de madera. No era una madera de lujo, sino un trozo vulgar, de los que en invierno se echan en los hogares y las chimeneas para encender el fuego y calentar las casas.

Ignoro cómo pudo suceder, pero el caso es que un buen día este pedazo de madera fue a parar a la tienda de un viejo carpintero, quien tenía el nombre de maese Antonio, aunque todos le llamaban maese Cereza, en gracia a la punta de su nariz que siempre estaba brillante como una cereza madura.

Cuando maese Cereza vio aquel pedazo de madera se puso muy alegre y, frotándose suavemente las manos, dijo entre dientes:

—Este leño ha aparecido a tiempo: lo aprovecharé para hacer las patas de una mesa.

Dicho y hecho, cogió en seguida una afilada hacha y empezó a quitarle la corteza y a afinarlo, mas cuando estaba a punto de descargarle el primer golpe se quedó con el brazo suspendido en el aire porque oyó una vocecita muy fina que le imploraba diciendo:

—¡No me pegues tan fuerte!

¡Figuraos cómo se quedaría el buen viejo maese Cereza! Giró los extraviados ojos a su alrededor con el fin de ver de dónde podía salir aquella vocecita, pero no vio a nadie. Miró debajo del banco, y nadie; miró dentro de un armario que estaba siempre cerrado, y nadie; miró en el cesto de las virutas y del serrín, y nadie; abrió la puerta de la tienda para dar una ojeada también a la calle, y nadie. ¿O será que...?

—Ya comprendo —dijo entonces riendo y rascándose la peluca—; se ve que esa vocecita ha sido una figuración mía. Pongámonos de nuevo a trabajar.

Y volviendo a coger el hacha descargó un formidable golpe sobre el trozo de madera.

—¡Ay! ¡Me has hecho daño! —exclamó, quejándose, la misma vocecita.

Esta vez maese Cereza se quedó petrificado, con los ojos desorbitados por el miedo, la boca abierta de par en par y la lengua fuera hasta la barba, semejante a un mascarón de los que adornan algunas fuentes.

Así que recobró el uso de la palabra empezó a decir, temblando y tartamudeando de espanto:

–Pero ¿de dónde habrá salido esa vocecita que ha dicho «¡ay!»?... Sin embargo, aquí no hay alma viviente. ¿O será acaso que este trozo de leño ha aprendido a llorar y a lamentarse como un niño? No lo puedo creer. Este leño... Veamos: es un trozo de madera como todos los demás, propio para encender el fuego y hacer cocer una cazuela de alubias... ¿O quizá...? ¿Quizá se ha escondido alguien dentro? Si hay alguien escondido, tanto peor para él. ¡Ahora se las entenderá conmigo!

Y así diciendo, agarró con las dos manos aquel pobre pedazo de madera y se puso a golpearlo sin compasión contra las paredes de la tienda.

Después se puso a escuchar para ver si oía alguna vocecita que se quejase. Esperó dos minutos, y nada; diez minutos, y nada.

–Ya comprendo –dijo entonces esforzándose en reír y alborotándose la peluca–; se ve que esa vocecita que ha dicho «¡ay!» es un engaño de mi imaginación. Volvamos al trabajo.

Y como quiera que le había entrado mucho miedo, intentó canturrear para animarse un poco.

Entre tanto, dejando a un lado el hacha, cogió el cepillo para cepillar y pulir el trozo de madera; pero mientras lo cepillaba arriba y abajo, oyó la vocecita en cuestión, que le decía riendo:

–¡Detente, que me haces cosquillas!

Esta vez maese Cereza cayó como fulminado por un rayo. Cuando volvió a abrir los ojos, se encontró sentado en el suelo.

Su cara parecía transfigurada, y hasta la punta de la nariz, de roja que estaba casi siempre, se había vuelto azul de miedo.

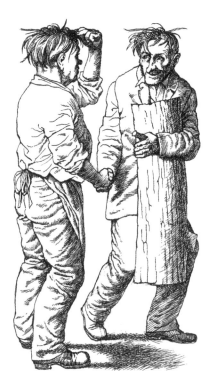

CAPÍTULO II

Maese Cereza regala el trozo de madera a su amigo Gepeto,
quien lo acepta para construir con él un polichinela maravilloso,
que sepa bailar, hacer esgrima y dar saltos mortales

En aquel momento llamaron a la puerta.

–Pasad –dijo el carpintero, sin fuerzas para ponerse en pie.

Entonces entró en la tienda un viejecito muy desenvuelto, quien tenía por nombre Gepeto; pero los chiquillos del barrio, cuando querían hacerle rabiar, le llamaban con el sobrenombre de «Panocha», a causa de su peluca amarilla que se parecía muchísimo a una panocha de maíz.

Gepeto era muy vivo de genio. ¡Cuidado con llamarle Panocha! Se enfurecía en seguida como una fiera y no había manera de apaciguarlo.

–Buenos días, maese Antonio –dijo Gepeto–. ¿Qué hacéis sentado en el suelo?

–Enseño a contar a las hormigas.

–¡Buen provecho os haga!

–¿Qué os ha traído hasta aquí, compadre Gepeto?

–Las piernas. Sabed, maese Antonio, que he venido a veros para pediros un favor.

–Estoy pronto a serviros –contestó el carpintero, enderezándose sobre las rodillas.

–Esta mañana he tenido una idea.

–Sepamos cuál.

–He pensado en fabricarme un lindo polichinela de madera, que sepa bailar, hacer esgrima y dar saltos mortales. Con este polichinela quiero rodar por el mundo, para ganarme un pedazo de pan y un vaso de vino; ¿qué os parece?

–¡Muy bien, Panocha! –gritó la conocida vocecita, sin que fuera posible adivinar de dónde salía.

Al oírse llamar Panocha, compadre Gepeto se volvió rojo como un pimiento, de rabia, y dirigiéndose al carpintero le dijo enfurecido:

–¿Por qué me ofendéis?

–¿Quién os ofende?

–¡Me habéis llamado Panocha!...

–No he sido yo.

–¡Tendría gracia que hubiera sido yo mismo! Os digo que habéis sido vos.

–¡No!

–¡Sí!

–¡No!

–¡Sí!

Y exaltándose cada vez más, pasaron de las palabras a los hechos, se agarraron de las pelucas, se arañaron, se mordieron y se desgarraron los vestidos.

Acabada la pelea, maese Antonio se encontró entre las manos la amarilla peluca de Gepeto, y Gepeto advirtió que tenía en la boca la descolorida peluca del carpintero.

–Devolvedme mi peluca –dijo maese Antonio.

–Y vos devolvedme la mía, y hagamos las paces.

Después de hacerse cargo cada uno de su peluca, los dos viejecitos se estrecharon las manos y juraron ser buenos amigos toda la vida.

–Y bien, compadre Gepeto –dijo el carpintero como demostración de la paz acordada–, ¿cuál es el favor que queréis de mí?

–Querría un poco de madera para construir mi muñeco; ¿me lo dais?

Maese Antonio, muy contento, fue inmediatamente a recoger del banco aquel pedazo de madera que había sido la causa de tantas angustias. Pero en el preciso momento que se lo iba a entregar a su amigo, el trozo de madera dio una sacudida y, escurriéndosele violentamente de las manos, fue a dar con fuerza contra las secas canillas del pobre Gepeto.

–¡Ah! ¿De ese modo tan poco correcto es como hacéis vuestros regalos? Me habéis dejado casi cojo.

–Os juro que no he sido yo.

–¡Entonces habré sido yo!...

–La culpa es toda de este leño...

–¡Ya sé que es del leño; pero sois vos el que me lo ha tirado a las piernas!

–¡Yo no os lo he tirado!

–¡Embustero!

–Gepeto, no me ofendáis; ¡si no, os llamo Panocha!...

–¡Burro!

–¡Panocha!

–¡Asno!

–¡Panocha!

–¡Mono feo!

–¡Panocha!

Al oírse llamar Panocha por tercera vez, Gepeto no pudo ya contenerse y se abalanzó sobre el carpintero, y se vapulearon nuevamente.

Terminada la lucha, maese Antonio se encontró con dos arañazos más en la nariz y el otro con dos botones menos en el chaleco. Arregladas de esta manera sus cuentas, se estrecharon la mano y juraron ser buenos amigos toda la vida.

Gepeto cogió después aquel extraordinario trozo de madera y, dando las gracias a maese Antonio, regresó cojeando a su casa.

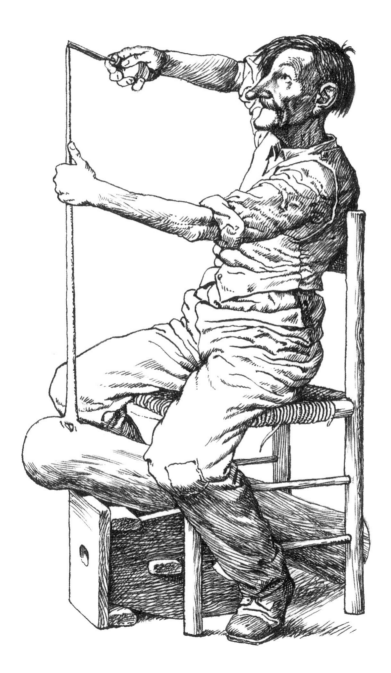

CAPÍTULO III

*De vuelta a su casa, Gepeto empieza inmediatamente a construir
su polichinela, a quien pone el nombre de Pinocho.
Primeras travesuras del polichinela*

La casa de Gepeto era una planta baja, que recibía luz por una claraboya. El mobiliario no podía ser más sencillo: una mala silla, una mala cama y una mesita maltrecha. En la pared del fondo se veía una chimenea con el fuego encendido; pero el fuego estaba pintado, y junto al fuego había pintada también una olla que hervía alegremente y despedía una nube de humo que parecía de verdad.

Apenas entrado en su casa, Gepeto se fue a buscar sin perder instante los útiles de trabajo, poniéndose a tallar y fabricar su polichinela.

–¿Qué nombre le pondré? –se preguntó a sí mismo–. Le llamaré Pinocho. Este nombre le traerá fortuna. He conocido una familia de Pinochos. Pinocho el padre, Pinocha la madre y Pinocho los chiquillos, y todos lo pasaban muy bien. El más rico de todos ellos pedía limosna.

Una vez elegido el nombre de su polichinela, comenzó a trabajar de firme, haciéndole primero los cabellos, después la frente y luego los ojos.

Figuraos su maravilla cuando hechos los ojos, advirtió que se movían y que le miraban fijamente.

Gepeto, viéndose observado por aquel par de ojos de madera, se sintió casi molesto y dijo con acento resentido:

–Ojitos de madera, ¿por qué me miráis?

Nadie contestó.

Entonces, después de los ojos, le hizo la nariz; pero, así que estuvo lista, empezó a crecer; y crece que crece se convirtió en pocos minutos en una narizota que no se acababa nunca.

El pobre Gepeto se esforzaba en recortársela, pero cuanto más la acortaba y recortaba, más larga era la impertinente nariz.

Después de la nariz hizo la boca.

No había terminado de construir la boca cuando de súbito ésta empezó a reírse y a burlarse de él.

–¡Cesa de reír! –dijo Gepeto, enfadado; pero fue como si se lo hubiese dicho a la pared.

–¡Cesa de reír, te repito! –gritó con amenazadora voz.

Entonces la boca cesó de reír, pero le sacó toda la lengua.

Gepeto, para no desbaratar su obra, fingió no darse cuenta de ello, y continuó trabajando.

Después de la boca, le hizo la barbilla; luego el cuello, la espalda, la barriguita, los brazos y las manos.

Recién acabadas las manos, Gepeto sintió que le quitaban la peluca de la cabeza. Levantó la vista y, ¿qué es lo que vio? Vio su peluca amarilla en manos del polichinela.

–¡Pinocho!... ¡Devuélveme en seguida mi peluca!

Pero Pinocho, en vez de devolverle la peluca, se la puso en su propia cabeza, quedándose medio ahogado metido en ella.

Ante aquellas demostraciones de insolencia y de poco respeto, Gepeto se puso triste y pensativo como no lo había estado en su vida; y dirigiéndose a Pinocho le dijo:

–¡Diantre de chico! ¡No estás todavía acabado de hacer y ya empiezas a faltarle al respeto a tu padre! ¡Mal, hijo mío, muy mal!

Y se secó una lágrima.

Quedaban todavía por modelar las piernas y los pies. Cuando Gepeto terminó de hacerle los pies, recibió un puntapié en la punta de la nariz.

–¡Me lo merezco! –se dijo en su interior–. ¡Debí haberlo pensado antes! ¡Ahora ya es tarde!

Después, cogiendo al polichinela por debajo de los brazos, lo puso en el suelo para hacerle andar.

Pinocho tenía las piernas muy torpes y no sabía moverse, y Gepeto le conducía de la mano para enseñarle a dar los pasos.

Cuando hubo perdido la torpeza de las piernas, Pinocho echó a andar por sí solo y a correr por la habitación y, alcanzando la puerta, saltó a la calle y se escapó.

Y el pobre Gepeto salió detrás de él corriendo sin poderlo alcanzar, porque aquel pillo de Pinocho corría a saltos, como una liebre, y batiendo con sus pies de madera el empedrado de la calle, producía más ruido que veinte pares de zuecos.

–¡Cogedlo! ¡Cogedlo! –gritaba Gepeto.

Pero la gente que estaba en la calle, viendo a aquel polichinela de madera que corría como un caballo de carreras, se paraba encantada a contemplarlo y reía hasta desternillarse.

Afortunadamente, apareció por fin un alguacil, el cual, oyendo todo aquel barullo y creyendo que se trataba de algún caballo que se había desbocado, se plantó valerosamente con las piernas abiertas en medio de la calle, con el ánimo resuelto a impedir que ocurriesen mayores desgracias.

Mas Pinocho, cuando advirtió de lejos que el alguacil le cerraba el paso, intentó escabullirse por entre sus piernas, lo que no pudo lograr.

El alguacil, sin moverse un ápice de su sitio, lo agarró limpiamente por la nariz (era una narizota desmesurada que parecía hecha a propósito para ser atrapada por los guardias), depositándolo en las propias manos de Gepeto, quien como correctivo quería darle en seguida un buen tirón de orejas. Mas figuraos cómo se quedaría cuando, al buscarle las orejas, se encontró con que no las tenía, y ¿sabéis por qué? Porque, en su prisa por esculpirlo, se le había olvidado hacérselas.

Entonces lo cogió por el pescuezo y, mientras se lo llevaba, le dijo moviendo amenazadoramente la cabeza:

–Vamos a casa. Cuando lleguemos allí, no dudes de que te arreglaré las cuentas.

Al oír esta amenaza, Pinocho se echó al suelo y no quiso andar más. Entre tanto, los curiosos y los papanatas se detenían formando corro.

Quién decía una cosa, quién otra.

–¡Pobre polichinela! –decían algunos–. ¡Tiene razón en no querer volver a casa! ¡Quién sabe la paliza que le daría ese mal hombre de Gepeto!...

Y los otros añadían con malignidad:

–¡Ese Gepeto parece un buen hombre; pero es un verdadero tirano con los chiquillos! ¡Si le dejamos a este pobre polichinela en sus manos, es muy capaz de hacerlo pedazos!...

En resumen, tanto dijeron y tanto hicieron que el alguacil dejó en libertad a Pinocho y condujo a la cárcel a Gepeto, el cual, no hallando palabras para defenderse, lloraba como un cordero, y camino de la cárcel balbuceaba sollozando:

–¡Desventurado hijo! ¡Y pensar que me he fatigado tanto para hacer de él un polichinela bondadoso! ¡Pero me lo merezco! ¡Debí haberlo pensado antes!...

Lo que sucedió después es una historia tan fantástica que casi no se puede creer, y os la contaré en los capítulos siguientes.

CAPÍTULO IV

*La historia de Pinocho con el Grillo-Parlante, donde se demuestra
que a los niños malos les disgusta ser corregidos por quienes saben más que ellos*

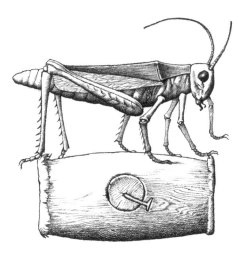

Os diré, pues, muchachos, que mientras el pobre Gepeto era conducido sin culpa alguna a la cárcel, el diablo de Pinocho, libre de las garras del alguacil, empezó a hacer uso de sus piernas, yendo a campo traviesa para llegar más pronto a casa; y en la furia de su carrera saltaba ribazos altísimos, malezas y fosos llenos de agua, con el mismo ímpetu con que hubiera podido hacerlo un cabrito o una liebrecilla perseguida por los cazadores.

Llegado frente a su casa, encontró el portal entreabierto. Lo empujó, entró y, después de echar el cerrojo, se sentó en el suelo, dejando escapar un gran suspiro de satisfacción.

Mas poco duró su contento, porque oyó que algo en la habitación hacía:

–¡Cri-cri-cri!

–¿Quién me llama? –dijo Pinocho, muy asustado.

–¡Soy yo!

Pinocho se volvió y vio un enorme grillo que subía por la pared muy lentamente.

–Dime, Grillo: ¿tú quién eres?

–Yo soy el Grillo-Parlante y vivo en esta casa desde hace más de cien años.

–Sin embargo, hoy esta casa es mía –dijo el polichinela–, y si quieres hacerme un verdadero favor, vete en seguida, sin volver siquiera la vista atrás.

–No me iré de aquí –respondió el Grillo– sin decirte antes una gran verdad.

–Dímela y date prisa.

–¡Desgraciados los hijos que se rebelan contra sus padres y que abandonan caprichosamente la casa paterna! No disfrutarán jamás de ningún bien en este mundo; y más tarde o más temprano, tendrán que arrepentirse amargamente.

–Sigue cantando, Grillo mío, como te parezca y plazca; mas yo sé que mañana, con el alba, quiero irme de aquí, porque si me quedo, me sucederá lo que a todos los otros chicos, o sea que me enviarán a la escuela, y de grado o por fuerza tendré que estudiar; y yo, te lo digo en confianza, no tengo en absoluto ganas de estudiar y me divierto más corriendo detrás de las mariposas y subiendo a los árboles para coger los pajarillos en sus nidos.

—¡Pobrecillo infeliz! Pero ¿no sabes que, obrando así, de mayor serás un solemne borrico y todos se mofarán de ti?

—¡No hables más, grillote de mal agüero! –gritó Pinocho.

Pero el grillo, que era paciente y filósofo, en vez de tomar a mal esta impertinencia, continuó con el mismo tono de voz:

—Y si no te gusta ir a la escuela, ¿por qué no aprendes al menos un oficio, aunque sólo sea para ganarte honradamente un pedazo de pan?

—¿Quieres que te lo diga? –replicó Pinocho, que empezaba a perder la paciencia–. Entre todos los oficios del mundo no hay más que uno que verdaderamente me guste.

—¿Cuál?

—El de comer, beber, dormir, divertirme y vagabundear desde la mañana a la noche.

—Para que lo sepas –dijo el Grillo-Parlante con su calma habitual–, todos los que practican el oficio que a ti te gusta, terminan casi siempre en el hospital o en la cárcel.

—¡Vete al diablo, grillote de mal agüero!... ¡Que si me haces rabiar, pobre de ti!

—¡Pobre Pinocho! ¡Me das realmente compasión!...

—¿Por qué te doy compasión?

—Porque eres un polichinela y, lo que es peor aún, porque tienes la cabeza de madera.

Al oír estas últimas palabras, Pinocho dio un brinco, muy enfurecido, y cogiendo de encima del banco una maza de madera la lanzó contra el Grillo-Parlante.

Quizá no creía tocarlo siquiera; pero por desgracia lo acertó precisamente en la cabeza, de tal forma que el pobre grillo tuvo apenas aliento para hacer su último cri-cri y quedó aplastado en la pared.

CAPÍTULO V

Pinocho tiene hambre y busca un huevo para hacer una tortilla;
pero cuando menos se lo espera, la tortilla sale volando por la ventana

Mientras tanto, empezó a anochecer, y Pinocho, acordándose de que no había comido nada, sintió un cosquilleo en el estómago que se parecía muchísimo al apetito.

Pero el apetito en los chicos corre presuroso; y, en efecto, pocos minutos después el apetito degeneró en hambre, y el hambre, en un abrir y cerrar de ojos, se convirtió en un hambre de lobos.

El pobre Pinocho corrió en seguida a la chimenea donde había una olla que cocía e hizo la acción de destaparla para ver lo que había dentro; pero la olla estaba pintada en la pared. Figuraos cómo quedaría. Su nariz, que ya era larga, le creció aún cuatro dedos más.

Entonces empezó a dar vueltas por el cuarto buscando afanoso por todos los cajones y rincones un poco de pan, aunque fuese un poco de pan seco, un corrusco, un hueso destinado al perro, un poco de sopa de harina de maíz florecida, una espina de pescado, un hueso de cereza, en suma, cualquier cosa para masticar; pero no encontró nada, lo que se dice absolutamente nada.

Mientras tanto, el hambre aumentaba y aumentaba, cada vez más; y el pobre Pinocho no tenía otro consuelo que el de bostezar; y bostezar tan terriblemente que algunas veces la boca le llegaba hasta las orejas. Después de bostezar, escupía, y sentía que el estómago seguía dando tirones.

Entonces, llorando y desesperándose, decía:

–El Grillo-Parlante tenía razón. He obrado mal rebelándome contra mi padre y escapando de casa... ¡Si mi padre estuviese aquí, ahora no me encontraría muriendo de hambre! ¡Oh, qué enfermedad tan mala es el hambre!

Mas he aquí que le pareció ver en el montón de la basura una cosita redonda y blanca que se parecía en todo a un huevo de gallina. Dar un salto y abalanzarse sobre ella fue cosa de un instante. ¡Era en realidad un huevo!

Es imposible describir la alegría del polichinela: es preciso sabérsela imaginar. Apenas creyendo lo que sus ojos veían, daba vueltas al huevo entre las manos, y lo tocaba y lo besaba, y besándolo decía:

–Y ahora, ¿cómo lo haré? ¿Haré una tortilla?... ¡No, es mejor hacerlo al plato!... ¿Y no sería más rico si lo hiciese frito? ¿Y si lo hiciera pasado por agua? No, la manera más rápida y mejor de hacerlo es al plato o a la cazuela. ¡Tengo un deseo atroz de comérmelo!

Dicho y hecho, puso una cazuelita sobre un hornillo lleno de brasas encendidas; vertió en el recipiente, en vez de aceite o de mantequilla, un poco de agua, y cuando el agua empezó a echar vaho, ¡tac!, cascó el huevo, e hizo el ademán de echarlo dentro.

Pero en lugar de la clara y la yema, salió un polluelo muy alegre y gentil, el cual, haciendo una graciosa reverencia, dijo:

–¡Mil gracias, señor Pinocho, por haberme ahorrado el trabajo de romper el cascarón! ¡Adiós, hasta la vista y muchos recuerdos a la familia!

Dicho lo cual, desplegó las alas y emprendió el vuelo saliendo por la ventana que estaba abierta, perdiéndose de vista.

El pobre polichinela se quedó allí como encantado, con los ojos fijos, la boca abierta y con las cáscaras de huevo en la mano. Vuelto, sin embargo, de su primer estupor, empezó a llorar, a chillar, a golpear el suelo con los pies, desesperado, y llorando decía:

–¡Qué razón tenía el Grillo-Parlante! Si no me hubiese escapado de casa y si mi padre estuviera aquí, ahora no me moriría de hambre. ¡Oh, qué enfermedad más mala es el hambre!

Y como quiera que el hambre seguía atormentándole más y más y no sabía cómo aplacarla, pensó salir de casa y hacer una escapada al vecino pueblecito, con la esperanza de encontrar alguna persona caritativa que le favoreciese con la limosna de un poco de pan.

CAPÍTULO VI

Pinocho se duerme con los pies sobre el brasero y,
al despertarse a la mañana siguiente, se los encuentra quemados

La noche aquella era una noche de invierno terrible. Tronaba espantosamente, relampagueaba como si el cielo despidiese fuego, y un ventarrón frío y alocado, silbando rabiosamente y levantando una polvareda inmensa, hacía estremecer y crujir todos los árboles del bosque.

Pinocho tenía un miedo muy grande a los truenos y relámpagos; pero el hambre era más fuerte que el miedo, motivo por el cual, acercándose a la puerta de la casa, emprendió la carrera y en un centenar de zancadas llegó al pueblecito, con la lengua fuera y jadeando, como un perro de caza.

Pero se encontró con que todo estaba desierto y oscuro. Las tiendas estaban cerradas; las puertas de las casas, cerradas; las ventanas, también, y en la calle no había un perro siquiera. Aquello parecía el país de los muertos.

Entonces Pinocho, presa de la desesperación y el hambre, se agarró a la aldaba de una casa y empezó a llamar insistentemente, diciéndose para sí: «Alguien se asomará».

En efecto, apareció un viejecito con el gorro de dormir puesto, que le gritó muy enojado:

–¿Qué es lo que quieres a estas horas?

–¿No me haríais el favor de darme un trozo de pan?

–Espérame ahí, que vuelvo en seguida –respondió el viejecito, creyendo tener que habérselas con alguno de esos pillastres que se divierten por la noche haciendo sonar los llamadores de las casas para molestar a la gente de bien que duerme tranquilamente.

Transcurrido medio minuto, la ventana volvió a abrirse y la voz del mismo viejecito gritó a Pinocho:

–Acércate y pon el sombrero.

Pinocho, que todavía no tenía sombrero, se aproximó y recibió encima una gran rociada de agua que lo mojó de cabeza a pies, como si se tratase de un tiesto de geranios marchitos.

Volvió a su casa bañado como un pollito, agotado por el cansancio y el hambre, y no teniendo más fuerzas para sostenerse en pie, optó por sentarse, descansando los húmedos y enfangados pies sobre un brasero lleno de brasas encendidas.

Y allí se durmió; y durante el sueño, los pies, que eran de madera, se le encendieron y, poco a poco, se le carbonizaron y quedaron reducidos a cenizas.

Y Pinocho continuaba durmiendo y roncando, como si sus pies fueran de otra persona. Por fin, al clarear el día se despertó, porque alguien había llamado a la puerta.

–¿Quién es? –preguntó bostezando y restregándose los ojos.

–Soy yo –contestó una voz.

Aquella voz era la de Gepeto.

CAPÍTULO VII

Gepeto vuelve a casa y da al polichinela el desayuno que llevaba para sí

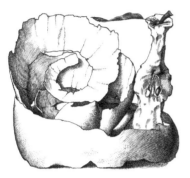

El pobre Pinocho, que continuaba medio dormido, no había reparado todavía en los pies, que se le habían quemado por completo; por lo cual, así que oyó la voz de su padre, pegó un salto desde la silla para ir a descorrer el pestillo; pero, después de dos o tres intentos, cayó cuan largo era al suelo.

Al dar su cuerpo en tierra produjo el mismo ruido que habría hecho un saco de cucharas de madera caído desde un quinto piso.

—¡Ábreme! —decía, mientras, Gepeto desde la calle.

—Padre mío, no puedo —respondía el polichinela llorando y revolcándose por el suelo.

—¿Por qué no puedes?

—Porque se me han comido los pies.

—¿Y quién te los ha comido?

—El gato —dijo Pinocho, viendo al gato que con las patitas se entretenía en jugar con algunas virutas.

—¡Ábreme, te digo! —repitió Gepeto—. ¡Si no, cuando entre vas a ver qué gato te doy yo!

—No puedo ponerme de pie, creedme. ¡Oh, pobre de mí, pobre de mí; no tendré más remedio que caminar de rodillas toda mi vida!…

Gepeto, creyendo que todos estos lloriqueos fuesen una nueva jugarreta del polichinela, decidió acabar con ella, y trepando por la pared, entró en casa por la ventana.

En un principio quería decir y hacer; pero después, cuando vio a su pobre Pinocho tendido en el suelo y verdaderamente sin pies, se sintió enternecido; y cogiéndolo en seguida en sus brazos, se puso a hacerle mil caricias y mimos, y, con los lagrimones que le caían por las mejillas, le dijo sollozando:

—¡Pinochito mío! ¿Cómo te has quemado los pies?

—No lo sé, padre; pero creedme que ha sido una noche infernal, de la que me acordaré mientras viva. Tronaba, relampagueaba y yo tenía un hambre atroz, y entonces el Grillo-Parlante me dijo: «Te está bien; has sido malo, y te lo mereces». Y yo le dije: «¡Ten cuidado, Grillo!...». Y él me replicó: «Tú eres un polichinela y tienes la cabeza de madera». Y yo le tiré una maza y él murió; pero la culpa fue suya, porque yo no quería matarlo; prueba de ello es que puse una cazoleta sobre las brasas encendidas del brasero; pero el pollito escapó, diciéndome: «Hasta la vista… y recuerdos a la familia». Y el hambre seguía aumentando, por eso aquel viejecito con el gorro de dormir, asomándose a la ventana me dijo: «Ven aquí debajo y pon el sombrero». Y yo me encontré con aquel chaparrón de agua en la cabeza, porque el pedir un poco de pan no es una vergüenza, ¿no es verdad? Volví en seguida a casa, y como seguía sintiendo mucha hambre, puse los pies sobre el brasero para secarme, cuando, ¡hi, hi, hi!, vos habéis regresado, y me los he encontrado quemados, y mientras, el hambre me dura todavía y ya no tengo mis pies.

Y el pobre Pinocho empezó a llorar y a gritar tan fuerte, que le oían a kilómetros de distancia.

Gepeto, que de todo aquel enredado discurso no había comprendido más que se sentía morir del hambre que padecía, sacó del bolsillo tres peras y, dándoselas, le dijo:

—Estas tres peras eran para mi desayuno; pero gustoso te las doy. Cómetelas y que te hagan buen provecho.

—Si queréis que me las coma, hacedme el favor de pelarlas.

—¿Pelarlas? —replicó Gepeto, maravillado—. No habría creído nunca, niño mío, que fueses tan delicado y escrupuloso de paladar. ¡Malo! ¡En este mundo, ya desde niño, es necesario acostumbrarse a comer de todo, porque no se sabe nunca lo que puede ocurrir!... ¡Se ven tantas cosas!...

—Vos tendréis razón —añadió Pinocho—; pero yo no comeré jamás una fruta que no esté pelada. Las pieles no las puedo sufrir.

Y el buen hombre, sacando un cuchillito, y armándose de santa paciencia, mondó las tres peras y dejó todas las pieles en un ángulo de la mesa.

Cuando Pinocho, en dos bocados, se hubo comido la primera pera, hizo el gesto de tirar el corazón; mas Gepeto le detuvo el brazo, diciéndole:

—No lo tires; en este mundo todo puede ser útil.

—¡Sí, pero yo el corazón no me lo como de ninguna manera!... —gritó el polichinela, volviéndose de un salto.

—¡Quién sabe! ¡Se ven tantas cosas!... —repitió Gepeto, sin alterarse.

Así, pues, los tres corazones, en lugar de ser lanzados por la ventana, fueron dejados en el ángulo de la mesa en compañía de las pieles.

Comidas, o mejor dicho, devoradas las tres peras, Pinocho dio un larguísimo bostezo y dijo lloriqueando:

—¡Tengo más hambre!

—Pues, hijo mío, yo no tengo nada más que darte.

—¿Nada, nada, de verdad?

—Solamente estas pieles y estos corazones de pera —repuso Gepeto.

—¡Qué le vamos a hacer! —dijo Pinocho—. Si no hay nada más me comeré una piel.

Y empezó a mordisquearla. Al principio torció el gesto; pero luego, una después de otra, en un instante se tragó todas las pieles; y después de las pieles, también los corazones. Y cuando se lo hubo comido todo, se palpó muy contento el cuerpo, y dijo lleno de satisfacción:

—¡Ahora sí que me encuentro bien!

—Repara, pues —le hizo observar Gepeto—, como yo tenía razón cuando te decía que no se debe uno acostumbrar a ser ni demasiado escrupuloso ni demasiado delicado de gusto. ¡Hijo mío, no se sabe nunca lo que nos puede ocurrir en este mundo! ¡Se ven tantas cosas!...

CAPÍTULO VIII

Gepeto le hace a Pinocho unos pies nuevos y vende la propia casaca para comprarle el Abecedario

Apenas saciada su hambre, empezó en seguida a refunfuñar y a llorar, porque quería un par de pies nuevos.

Pero Gepeto, para castigarle por la travesura hecha, le dejó que llorase y patalease durante medio día; después le dijo:

–¿Para qué voy a hacerte otros pies? ¿Quizá para ver cómo te escapas de nuevo de casa?

–Os prometo –dijo el polichinela sollozando– que de hoy en adelante seré bueno...

–Todo los chicos, cuando quieren conseguir alguna cosa, repiten la misma canción.

–¡Pero yo no soy como los otros chicos! Yo soy más bueno que todos y digo siempre la verdad. Os prometo, padre, que aprenderé un oficio y que seré el consuelo y el sostén de vuestra vejez.

Gepeto, que si bien mostraba un rostro severo, tenía los ojos llenos de lágrimas y el corazón encogido al contemplar a su pobre Pinocho en aquel lastimoso estado, no añadió más palabras y, cogiendo los útiles necesarios y dos trocitos de madera adecuados, se puso a trabajar con ardor.

Y en menos de una hora tuvo terminados otros pies perfectos; dos piececitos ágiles, delgados y nerviosos, como si hubiesen sido modelados por un artista genial.

Entonces Gepeto dijo al polichinela:

–¡Cierra los ojos y duerme!

Y Pinocho cerró los ojos y fingió que se dormía. Mientras tanto, Gepeto, con un poco de cola disuelta en una cáscara de huevo, le colocó los pies en su sitio, y se los colocó tan bien, que nadie hubiese adivinado que estaban pegados.

Así que el polichinela se dio cuenta de que tenía pies, saltó de la mesa donde estaba tendido, y comenzó a dar mil brincos y cabriolas, como si se hubiese vuelto loco de alegría.

–Para recompensaros por cuanto habéis hecho por mí –dijo Pinocho a su padre–, quiero ir en seguida a la escuela.

–¡Bravo, chico!

–Pero para ir a la escuela tengo necesidad de vestirme un poco.

Gepeto, que era pobre y no tenía siquiera un céntimo en el bolsillo, le confeccionó entonces un vestidito de papel pintado, un par de zapatos de corteza de árbol y un gorrito de miga de pan.

Pinocho corrió en seguida a mirarse en una palangana llena de agua y quedó tan satisfecho de sí mismo, que dijo pavoneándose:

–¡Parezco talmente un señor!

–Es verdad –replicó Gepeto–, porque, tenlo bien presente, no es precisamente un buen vestido el que hace a uno señor, sino un vestido limpio.

–A propósito –añadió el polichinela–, para ir a la escuela me falta también alguna cosa; la primera y principal.

–¿Cuál?

–Me falta el Abecedario.

–Tienes razón; pero ¿cómo nos arreglaremos para tenerlo?

–Es facilísimo; vamos a una librería y lo compramos.

–¿Y el dinero?

–Yo no lo tengo.

–Yo tampoco –añadió el buen viejo entristeciéndose.

Y Pinocho, que era un chico muy alegre, se puso también triste; porque la miseria, cuando es verdadera, la comprenden todos, hasta los niños.

–¡Paciencia! –exclamó de repente Gepeto alzándose; y poniéndose la vieja casaca de fustán, zurcida y llena de remiendos, salió corriendo de casa.

Al poco rato volvió; y al volver tenía en la mano el Abecedario para su hijo, pero la casaca había desaparecido. El pobre hombre estaba en mangas de camisa, y afuera nevaba.

–¿Y la casaca dónde está, padre?

–La he vendido.

–¿Por qué la habéis vendido?

–Porque me daba calor.

Pinocho cogió la respuesta al vuelo, y no pudiendo frenar el ímpetu de su buen corazón, saltó al cuello de Gepeto y le cubrió el rostro de besos.

CAPÍTULO IX

Pinocho vende el Abecedario para ir a ver el teatrito de los polichinelas

Habiendo cesado de nevar, Pinocho, con su Abecedario nuevo bajo el brazo, tomó el camino de la escuela; y mientras caminaba, su cabecita fantaseaba mil razonamientos y mil castillos en el aire, a cual más bonito. Y discurriendo para sí, decía:

–Hoy, en la escuela, quiero aprender a leer en seguida; mañana aprenderé a escribir y pasado mañana aprenderé los números. Después, con mi habilidad, ganaré mucho dinero y, con el primero que gane le compraré a mi padre una bella casaca de paño. Pero ¿qué digo de paño? Se la quiero comprar toda de plata y oro, y con los botones de brillantes. Es tan bueno que se la merece realmente; porqué, en suma, para comprarme los libros y darme instrucción se ha quedado en mangas de camisa... ¡con este frío! ¡Sólo los padres son capaces de hacer ciertos sacrificios!...

Mientras, muy conmovido, iba pensando así, le pareció oír a lo lejos una música de trompetas y tambores: pi-pi-pi, pi-pi-pi... zum, zum, zum.

Se detuvo y prestó oído. Aquellos sonidos venían del fondo de un camino transversal muy largo que conducía a un pueblecito situado cerca del mar, en la playa casi.

–¿Qué será esa música? Es lástima que tenga que ir a la escuela, si no...

Y permaneció allí perplejo. De todos modos, era preciso tomar una determinación: o a la escuela o a oír las trompetas.

–Bueno, hoy iré a oír las trompetas, y mañana a la escuela: para ir a la escuela siempre hay tiempo –decidió finalmente aquel pillo, con un encogimiento de hombros.

Dicho y hecho; emprendió una veloz carrera calle abajo. Cuanto más corría, más distintamente llegaba a sus oídos el sonido de las trompetas y los tambores: pi-pi-pi, pi-pi-pi... zum, zum, zum.

De pronto se halló en medio de una plaza llena de gente, la cual se encontraba en torno a un gran barracón de madera y de tela pintado de mil colores.

–¿Qué es ese barracón? –preguntó Pinocho volviéndose a un muchachito del pueblo que estaba allí.

–Lee el cartel que hay escrito y lo sabrás.

—Lo leería con mucho gusto, pero precisamente hoy todavía no sé leer.

—Muy bien, borrico. Entonces te lo leeré yo. Sabe, pues, que en ese cartel, con letras rojas como el fuego, está escrito: Gran Teatro de Polichinelas…

—¿Hace mucho que ha empezado la función?

—Empieza ahora.

—¿Y cuánto cuesta la entrada?

—Un real.

Pinocho, que estaba dominado por la fiebre de la curiosidad, perdió toda moderación y dijo sin avergonzarse al muchachito con quien hablaba:

—¿Me prestarías un real hasta mañana?

—Te lo daría con gusto —le contestó el otro burlándose—; pero hoy no me es posible.

—Por un real te vendo mi chaqueta —le dijo entonces el polichinela.

—¿Qué quieres que haga yo con una chaqueta de papel pintado? Si me cae agua encima no tengo más remedio que quitármela.

—¿Quieres comprar mis zapatos?

—Están bien para encender el fuego.

—¿Cuánto me das por el gorro?

—¡Buena adquisición, en verdad! ¡Un gorro de miga de pan! ¡Sería un cebo para que los ratones viniesen a comérmelo en la cabeza!

Pinocho se encontraba como sobre ascuas. Estaba a punto de hacer una última oferta, pero no tenía valor: vacilaba, dudaba, sufría. Por fin dijo:

—¿Quieres darme un real por este Abecedario nuevo?

—Yo soy un chico, y no compro nada a los otros chicos —le respondió su pequeño interlocutor, que tenía mucho más juicio que él.

—Por un real te compro yo el Abecedario —gritó un trapero que había estado escuchando la conversación.

Y de esta manera fue vendido el libro. ¡Y pensar que aquel pobre hombre de Gepeto se había quedado en casa temblando de frío, en mangas de camisa, para comprar el Abecedario a su hijo!

CAPÍTULO X

Los polichinelas reconocen a su hermano Pinocho
y le hacen un gran recibimiento, pero, inesperadamente,
surge el titiritero y Pinocho corre el peligro de tener mal fin

Cuando Pinocho entró en el teatrito de los títeres ocurrió un hecho que estuvo a punto de ocasionar una revolución.

Sabed que el telón ya estaba alzado y la comedia empezada.

En la escena se veía a Arlequín y Polichinela, que peleándose, según costumbre, se amenazaban con darse de bofetadas y bastonazos de un momento a otro.

El público escuchaba con gran atención, y se retorcía de risa al oír la discusión de aquellos dos títeres, que gesticulaban y se insultaban con tanta naturalidad como si fuesen realmente dos animales racionales, dos personas de carne y hueso.

Pero he aquí que, de improviso, Arlequín deja de recitar, y volviéndose hacia el público y señalando con la mano a alguien al fondo de la sala, empieza a gritar en tono dramático:

—¡Santos del cielo! ¿Sueño o estoy despierto? ¡Es realidad! ¡Es él! ¡Es Pinocho!

—¡Es realmente Pinocho! —exclamó Polichinela.

—¡Es él! —grita la señora Rosaura asomando la cabeza por el fondo del escenario.

—¡Es Pinocho! ¡Es Pinocho! —gritan a coro todos los títeres, saliendo a saltos fuera de los bastidores—. ¡Es Pinocho! ¡Es nuestro hermano Pinocho! ¡Viva Pinocho!...

—¡Pinocho, ven aquí —gritó Arlequín—, ven a echarte en los brazos de tus hermanos de madera!

Al oír esta afectuosa invitación, Pinocho dio un salto, y desde el fondo de la platea fue a los lugares de preferencia; después, con otro salto se plantó en la cabeza del director de orquesta y desde allí brincó al escenario.

Es imposible figurarse los abrazos, los besos, los pellizcos amistosos y los pescozones de verdadera y sincera fraternidad que Pinocho recibió, en medio de tanto alboroto, de los artistas de aquella compañía dramático-vegetal.

Este espectáculo era conmovedor, no hay que decirlo; pero el público de la platea, viendo que la comedia no continuaba, se impacientó y se puso a gritar:

—¡Queremos la comedia, queremos la comedia!

Todo fue inútil, porque los títeres, en vez de proseguir su recitado, redoblaron las bromas

y los gritos, y, cogiendo a Pinocho en hombros, lo llevaron en triunfo hasta la concha del escenario.

Entonces apareció el titiritero, un hombrachón tan feo que sólo de mirarlo daba miedo. Tenía una barbaza negra como un borrón de tinta, y tan larga que le llegaba al suelo; baste decir que, al andar, se la pisaba con los pies. Su boca era ancha como un horno, sus ojos parecían dos linternas de vidrio rojo, con una luz encendida dentro, y con las manos blandía un grueso zurriago, hecho de piel de serpiente y de colas de zorro retorcidas.

Ante la inesperada aparición del titiritero nadie respiró. Se hubiera oído el vuelo de una mosca. Los pobres títeres, tanto ellos como ellas, temblaban de pies a cabeza como si fueran hojas.

—¿Por qué has venido a revolucionar mi teatro? —preguntó el titiritero a Pinocho con un vozarrón de ogro.

—¡Creed, señor, que la culpa no ha sido mía!...

—¡Basta ya! Esta noche arreglaremos nuestras cuentas.

En efecto, acabada la representación, el titiritero fue a la cocina, donde se había preparado para la cena un hermoso carnero que giraba lentamente en el asador. Pero como le faltaba leña para acabar de asarlo, llamó a Arlequín y a Polichinela y les dijo:

—Traedme aquel muñeco que encontraréis colgado de un clavo. Me parece que está hecho con una madera muy seca, y estoy seguro de que será excelente para el fuego de mi asado.

Arlequín y Polichinela vacilaron un momento; pero, atemorizados por una terrible mirada de su patrón, obedecieron. Poco después volvían a la cocina, llevando en brazos al pobre Pinocho, el cual, revolviéndose como una anguila fuera del agua, gritaba desesperadamente:

—¡Padre mío, salvadme! ¡No quiero morir, no quiero morir!...

CAPÍTULO XI

Comefuego estornuda y perdona a Pinocho,
quien después libra de la muerte a su amigo Arlequín

El titiritero Comefuego (éste era su nombre) parecía un hombre espantoso; especialmente con aquella barbaza negra que, semejante a un delantal, le cubría todo el pecho y las piernas; pero en el fondo no era malo. Prueba de ello es que cuando vio delante al pobre Pinocho, que se debatía desesperadamente gritando: «¡No quiero morir, no quiero morir!», sintió que empezaba a conmoverse y a apiadarse, y después de haber resistido un gran rato, no pudo ya más y dejó escapar un fortísimo estornudo.

Al oír este estornudo, a Arlequín, que hasta aquel entonces había estado afligido y encogido como un sauce llorón, le resplandeció la alegría en la cara, e inclinándose hacia Pinocho le susurró en voz baja:

—Estamos de buenas, hermano. El titiritero ha estornudado, y ello es señal de que se ha compadecido de ti, de modo que estás salvado.

Porque habéis de saber que, mientras todos los hombres, cuando se sienten conmovidos por algo o por alguien, o lloran o por lo menos fingen enjugarse los ojos, Comefuego, en cambio, cada vez que se enternecía de verdad tenía el vicio de estornudar. Era un modo como cualquier otro de dar a conocer la sensibilidad de su corazón.

Después de haber estornudado el titiritero, haciendo todavía gala de su brusquedad, se dirigió a Pinocho y le gritó:

—¡Acaba ya de llorar! Tus lamentos me han producido una desazón aquí, en el fondo del estómago..., siento un espasmo, que casi, casi... ¡Atchís! ¡Atchís! —Y estornudó dos veces más.

—¡Jesús! —dijo Pinocho.

—¡Gracias! Y dime, ¿tienes padres? —le preguntó Comefuego.

—Padre, sí; a mi madre no la he conocido.

—¡Qué disgusto tendría tu viejo padre si ahora te hiciese quemar entre esas brasas encendidas! ¡Pobre viejo! ¡Le compadezco!... ¡Atchís! ¡Atchís! ¡Atchis! —Y soltó otros tres estornudos.

—¡Jesús! —dijo Pinocho.

—¡Gracias! Por lo demás, también hay que compadecerme a mí, porque, como ves, no tengo más leña para acabar de asar el cordero, y tú, te lo digo de verdad, en este caso me habrías hecho un gran servicio. Sin embargo, ya me he compadecido y hay que tener paciencia. En

tu lugar, echaré al fuego a cualquier otro polichinela de mi compañía... ¡Eh, gendarmes!...

A esta llamada aparecieron en seguida dos gendarmes de madera, largos, largos, y secos, secos, con el tricornio puesto y el sable desenvainado en la mano.

Entonces el titiritero les dijo con voz cavernosa:

–¡Traedme a Arlequín, atadlo bien y después echadlo a quemar al fuego! Quiero que mi cordero quede bien asado.

¡Figuraos al pobre Arlequín! Fue tan grande su espanto que las piernas se le doblaron y cayó de bruces al suelo.

Pinocho, a la vista de aquel espectáculo desgarrador, se echó a los pies del titiritero y llorando desconsoladamente y bañándole con sus lágrimas todos los pelos de la larguísima barba, empezó a decir con voz suplicante:

–¡Piedad, señor Comefuego!...

–¡Aquí no hay señores!... –replicó duramente el titiritero.

–¡Piedad, señor Caballero!...

–¡Aquí no hay caballeros!...

–¡Piedad, señor Comendador!...

–¡Aquí no hay comendadores!...

–¡Piedad, Excelencia!...

Al oírse llamar Excelencia, el titiritero se puso muy hueco y, humanizándose y volviéndose más tratable de repente, dijo a Pinocho:

–Y bien, di, ¿qué quieres de mí?

–¡Os pido clemencia para el pobre Arlequín!

–Aquí no hay clemencia que valga. Si te he perdonado a ti, preciso es que lo queme a él, porque quiero que mi cordero esté bien asado.

–En ese caso –gritó fieramente Pinocho, levantándose y quitándose su gorro de miga de pan–, en ese caso ya sé cuál es mi deber. ¡Adelante, señores gendarmes! Atadme y echadme al fuego. No, no es justo que el pobre Arlequín, mi verdadero amigo, deba morir por mí...

Estas palabras, pronunciadas en voz alta y con acento heroico, hicieron llorar a todos los títeres que presenciaban la escena. Los mismos gendarmes, si bien eran de madera, lloraban como dos tiernos corderillos.

Comefuego, al principio, permaneció duro e inmóvil como un pedazo de hielo, pero después, poco a poco, empezó también él a conmoverse y a estornudar. Lanzó cuatro o cinco estornudos, abrió afectuosamente los brazos y dijo a Pinocho:

–¡Eres un buen chico! Ven aquí y dame un beso.

Pinocho acudió en seguida, y trepando como una ardilla por la barba de titiritero, depositó un sonoro beso en la punta de su nariz.

–Entonces, ¿me perdonáis? –preguntó el pobre Arlequín, con un hilo de voz que apenas se oía.

–¡Te perdono! –respondió Comefuego; suspiró, movió la cabeza y añadió–: Esta noche comeré el cordero medio crudo, ¡pero veréis la próxima vez!

Al tener noticia del perdón obtenido, los títeres fueron todos al escenario y, encendiendo las luces y las lámparas comenzaron a saltar y a bailar. Clareaba el día y aún bailaban.

CAPÍTULO XII

El titiritero Comefuego regala cinco monedas de oro a Pinocho
para que se las lleve a su padre Gepeto, pero Pinocho, en cambio,
se deja engañar por la Zorra y el Gato, y se va con ellos

Al día siguiente, Comefuego llamó aparte a Pinocho y le preguntó:

–¿Cómo se llama tu padre?

–Gepeto.

–¿Qué oficio tiene?

–El de pobre.

–¿Gana mucho?

–Gana tanto como quiere para no tener nunca un céntimo en el bolsillo. Imaginaos que para comprarme el Abecedario de la escuela tuvo que vender la única casaca que poseía: una casaca con tantos zurcidos y remiendos que parecía un mapa.

–¡Pobre diablo! Me inspira casi compasión. Toma cinco monedas de oro. Vete inmediatamente a llevárselas y salúdale de mi parte.

Pinocho, como es fácil imaginar, dio mil veces las gracias al titiritero; abrazó, uno a uno, a todos los títeres de la Compañía, incluso a los gendarmes, y loco de contento se puso en camino para regresar a su casa.

No había andado todavía medio kilómetro, cuando encontró por el camino una Zorra y un Gato ciego que caminaban poquito a poco, ayudándose mutuamente, como buenos compañeros de infortunio. La Zorra, como era coja, andaba apoyándose en el Gato; y el Gato, como era ciego, se dejaba conducir por la Zorra.

–Buenos días, Pinocho –le dijo la Zorra saludándole cortésmente.

–¿Cómo sabes mi nombre? –preguntó el polichinela.

–Conozco bien a tu padre.

–¿Dónde lo has visto?

–Lo vi ayer en la puerta de su casa.

–¿Qué hacía?

–Estaba en mangas de camisa y temblaba de frío.

–¡Pobre padre! Pero, si Dios quiere, de hoy en adelante no temblará más...

–¿Por qué?

–Porque yo soy ahora un gran señor.

–¿Un gran señor? –dijo la Zorra, y empezó a reírse con una risa desvergonzada y burlona; el Gato también se reía, pero para no demostrarlo, se atusaba los bigotes con las patas delanteras.

–No hay por qué reírse –gritó Pinocho enfadado–. Me disgusta, de veras, haceros la boca agua, pero esto que os enseño, miradlo bien, son cinco bellísimas monedas de oro.

Y sacó las monedas que le había regalado Comefuego.

Al oír el simpático sonido de aquellas monedas, la Zorra, con un gesto involuntario, alargó la pata que parecía contraída, y el Gato abrió los dos ojos, que parecieron dos linternas verdes; pero en seguida volvió a cerrarlos, de tal manera que Pinocho no se dio cuenta de nada.

–Y ahora –le preguntó la Zorra–, ¿qué vas a hacer con esas monedas?

–En primer lugar –respondió el polichinela–, quiero comprar para mi padre una bonita casaca nueva, toda de oro y plata y con los botones de brillantes; y después quiero comprar un Abecedario para mí...

–¿Para ti?

–Sí, porque quiero ir a la escuela y estudiar mucho.

–Mírate en mí –dijo la Zorra–; por la tonta pasión de estudiar he perdido una pata.

–Mírate en mí –dijo el Gato–; por la tonta pasión de estudiar he perdido la vista de los dos ojos.

Mientras tanto, un mirlo blanco, que estaba encaramado en el seto del camino, con su acostumbrado silbido, dijo:

–Pinocho, no hagas caso de los consejos de los malos compañeros. ¡Si no, te arrepentirás!

¡Pobre Mirlo, ojalá no lo hubiese dicho nunca! El Gato, dando un gran salto, se le echó encima, y sin darle tiempo de decir «¡ay!» se lo comió de un bocado, con plumas y todo.

Después de habérselo comido y de limpiarse la boca, cerró los ojos nuevamente y volvió a fingirse ciego, como antes.

–¡Pobre Mirlo! –dijo Pinocho al Gato–, ¿por qué lo has tratado tan mal?

Lo he hecho para darle una lección. Así, otra vez aprenderá a no meterse donde no le llaman.

Habían llegado a la mitad del camino, cuando la Zorra, parándose en seco, dijo al polichinela:

–¿Quieres multiplicar tus monedas de oro?

–¿Cómo?

–¿Quieres hacer de cinco miserables monedas cien, mil, dos mil?

–¡Ya lo creo! ¿De qué manera?

–La manera es sencillísima. En vez de volver a tu casa, debes venir con nosotros.

–¿Y dónde me queréis conducir?

–Al País de los Mochuelos.

Pinocho recapacitó un poco, y después dijo resueltamente:

–No, no quiero ir. Ahora ya estoy cerca de mi casa, y quiero llegar hasta ella, donde está mi padre esperándome. Dios sabe, pobre viejo, cuánto habrá suspirado ayer, al ver que no volvía. Ya he sido bastante mal hijo, y el Grillo-Parlante tenía razón cuando decía: «Los chicos desobedientes no pueden tener suerte en este mundo.» Lo he podido experimentar, porque me han sucedido muchas desgracias, y también anoche en casa de Comefuego he corrido peligro... ¡Brrr; me estremezco sólo de pensarlo!

—Bien –dijo la Zorra–, ¿quieres ir a tu casa? ¡Ve, pues, y tanto peor para ti!

—¡Tanto peor para ti! –repitió el Gato.

—Piénsalo bien, Pinocho, porque obrando así das un puntapié a la fortuna.

—¡A la fortuna! –repitió el Gato.

—Tus cinco monedas, de hoy a mañana, se habrán convertido en dos mil.

—¡Dos mil! –repitió el Gato.

—Pero ¿cómo es posible que se multipliquen tanto? –preguntó Pinocho, quedándose con la boca abierta por el estupor.

—Te lo explico en seguida –dijo la Zorra–. Debes saber que en el País de los Mochuelos hay un campo bendito, llamado por todos el Campo de los Milagros. Tú haces en ese campo un pequeño agujero y metes dentro, por ejemplo, una moneda de oro. Después tapas el agujero con un poco de tierra; lo riegas con dos cántaros de agua de la fuente, le echas encima un puñadito de sal, y a la noche te vas tranquilamente a la cama. Entre tanto, durante la noche, la moneda germina y florece, y a la mañana siguiente, al levantarte, volviendo al campo, ¿qué cosa encuentras? Encuentras un bonito árbol tan cargado de monedas de oro como granos de trigo pueda tener una bella espiga en el mes de junio.

—De modo que –dijo Pinocho cada vez más admirado– si yo enterrase en ese campo mis cinco monedas, a la mañana siguiente, ¿cuántas encontraría?

—Es una cuenta facilísima –respondió la Zorra–, una cuenta que puedes hacerla con la punta de los dedos. Calcula que cada moneda te produzca un racimo de quinientas mone-das: multiplicas quinientos por cinco y a la mañana siguiente te encuentras en el bolsillo dos mil quinientas monedas contantes y sonantes.

—¡Oh, qué cosa más bella! –exclamó Pinocho, bailando de alegría–. Apenas haya recogido esas monedas, me quedaré para mí dos mil y las qui-nientas restantes os las regalaré a vosotros dos.

—¿Un regalo a nosotros? –gritó la Zorra con desdén y sintiéndose ofendida–. ¡Dios te guarde!

—¡Te guarde! –repitió el Gato.

—Nosotros –volvió a decir la Zorra– no traba-jamos por el vil interés; trabajamos únicamente para enriquecer a los demás.

—¡Los demás! –repitió el Gato.

«¡Qué buenas personas!», pensó en su interior Pinocho; y olvidándose al punto de su padre, de la casaca nueva, del Abecedario y de todos sus buenos propósitos, dijo a la Zorra y al Gato:

—Vámonos, pues. Voy con vosotros.

CAPÍTULO XIII

La posada del Cangrejo Rojo

Anda que anda que anda, por fin al anochecer llegaron muertos de cansancio a la posada del Cangrejo Rojo.

–Detengámonos un poco aquí –dijo la Zorra–, el tiempo preciso para comer un bocado y para descansar. A medianoche volveremos a ponernos en marcha para estar mañana, al amanecer, en el Campo de los Milagros.

Ya en la posada, se sentaron los tres a la mesa; pero ninguno de ellos tenía apetito.

El pobre Gato, sintiéndose gravemente enfermo del estómago, no pudo comer más que treinta y cinco truchas con salsa de tomate y cuatro raciones de tripa a la parmesana; pero como la tripa no le pareció bastante bien condimentada, pidió tres veces mantequilla y queso rallado.

La Zorra también habría pellizcado con placer alguna cosa, pero como quiera que el médico le había ordenado una dieta muy rigurosa, hubo de contentarse tan sólo con una liebre bien guisada y un ligerísimo acompañamiento de pollos asados y de pollitos tiernos. Después de la liebre se hizo servir, como entremés, un revoltijo de perdices, codornices, conejos, ranas, lagartijas y un racimo de uva moscatel; después no quiso nada más. Según decía, la comida le daba tantas náuseas que no podía acercarse nada a la boca.

El que comió menos de todos fue Pinocho. Pidió un cuarto de nuez y un cuscurrito de pan, dejando las dos cosas en el plato. El pobre chico, con el pensamiento fijo en el Campo de los Milagros, tenía una indigestión anticipada de monedas de oro.

Terminado que hubieron de cenar, la Zorra dijo al posadero:

–Dadnos dos buenas habitaciones, una para el señor Pinocho y otra para mí y mi compañero. Antes de partir echaremos un sueñecito. Pero acordaos de que antes de medianoche queremos que nos despierten para continuar nuestro viaje.

–Sí, señores –respondió el posadero; y guiñó el ojo a la Zorra y al Gato, como diciendo: «Lo he cogido al vuelo y nos hemos entendido»…

Tan pronto como Pinocho se metió en la cama, se durmió como un tronco y empezó a soñar. Y soñando le parecía encontrarse en medio de un campo, el cual estaba lleno de arbolitos repletos de racimos, y estos racimos, cargados de monedas de oro, se balanceaban movidos por el viento, haciendo un tin, tin, tin, como si quisieran decir: «Quien nos quiera que venga a

cogernos». Mas cuando Pinocho llegaba a lo más bonito de su sueño, cuando precisamente alargaba la mano para coger a puñados todas aquellas bellas monedas y metérselas en el bolsillo, se vio interrumpido en él por tres violentísimos golpes dados en la puerta de la habitación.

Era el posadero, que venía a decirle que la medianoche había sonado.

–¿Y mis compañeros, están listos? –le preguntó el polichinela.

–¡Más que listos! Se han marchado ya hace dos horas.

–¿Por qué tanta prisa?

–Porque el Gato ha recibido un aviso de que su gatito mayor, enfermo de sabañones en los pies, estaba en peligro de muerte.

–¿Han pagado la cena?

–¿Cómo podéis suponerlo? Se trata de personas demasiado educadas para que se atrevan a hacer una afrenta semejante a vuestra señoría.

–¡Lástima! ¡Tanto placer como me hubiese producido esta afrenta! –dijo Pinocho rascándose la cabeza.

Después preguntó:

–¿Dónde han dicho que me esperarían esos buenos amigos?

–En el Campo de los Milagros, mañana por la mañana, al despuntar el día.

Pinocho pagó una moneda por su cena y la de sus compañeros, y luego se marchó.

Pero bien puede decirse que se fue a tientas, porque la oscuridad era tan grande fuera de la posada que no se veía a un palmo de distancia. De los campos vecinos no se oía mover ni una hoja. Solamente algunos pajarracos nocturnos, atravesando el espacio de un seto a otro, iban a batir las alas sobre la nariz de Pinocho, quien dando un salto atrás de miedo, gritaba:

–¿Quién está ahí?

Y el eco de las colinas circundantes repetía a lo lejos:

–¿Quién está ahí, quién está ahí, quién está ahí?

De improviso, mientras andaba, vio en el tronco de un árbol un pequeño animalito que relucía con una luz pálida y opaca, como una mariposita de noche encerrada en una lámpara de porcelana transparente.

–¿Quién eres? –le preguntó Pinocho.

–Soy la sombra del Grillo-Parlante –respondió el animalito con una vocecita muy débil que parecía venida del otro mundo.

–¿Qué quieres de mí? –dijo el polichinela.

–Quiero darte un consejo. Vuelve a casa y lleva las cuatro monedas que te han dado a tu pobre padre, que llora y se desespera porque no ha vuelto a verte.

–Mañana mi padre será un gran señor, porque estas cuatro monedas se convertirán en dos mil.

–No te fíes, hijo mío, de los que prometen hacerte rico de la mañana a la noche. ¡Por regla general, o son locos o timadores! Hazme caso a mí, vuelve atrás.

–Yo, en cambio, quiero seguir adelante.

–¡Es muy tarde!...

–Quiero seguir adelante.

—El camino es peligroso...

—Quiero seguir adelante.

—Acuérdate de que los chicos que quieren hacer sólo su voluntad y satisfacer sus caprichos, más tarde o más temprano se arrepienten.

—Las historias de siempre. Buenas noches, Grillo.

—¡Buenas noches, Pinocho, y que el cielo te guarde del rocío y de los malhechores!

Acabadas de decir estas últimas palabras, el Grillo-Parlante se apagó de repente, como se apaga una luz soplándola, y el camino quedó más oscuro que nunca.

CAPÍTULO XIV

Pinocho, por no haber seguido los consejos del Grillo-Parlante,
cae en manos de los malhechores

—Hay que ver —dijo entre sí el polichinela reanudando el camino— lo desgraciados que somos los pobres chicos. Todos nos gritan, todos nos riñen, todos nos dan consejos. Si se les dejase, todos se meterían en la cabeza el querer ser nuestros padres y nuestros maestros; todos: hasta los Grillos-Parlantes. Vedlo; porque no he querido dar crédito a aquel Grillo tan pesado, ¡quién sabe cuántas desgracias, según él, me tendrían que ocurrir! ¡Tendría que topar también con los bandidos! Menos mal que no creo en ellos; ni he creído nunca. Para mí que los bandidos han sido inventados a propósito por los padres para dar miedo a los chicos que quieren salir por la noche. Pero, si por casualidad los encontrase en el camino, ¿se apoderarían de mí? Ni soñarlo. Iría a su encuentro y les diría a la cara, gritando: «Señores bandidos, ¿qué queréis de mí? Recordad que conmigo no se juega. Ocupaos de vuestros asuntos y largaos». Al oír este discurso hecho en serio, los pobres malhechores, me parece verlos, se escaparían veloces como el viento. Y admitiendo que fuesen tan maleducados que no quisieran irse, entonces me escaparía yo y daría así por terminada la cosa...

Pero Pinocho no pudo acabar su razonamiento, porque en aquel mismo instante le pareció oír detrás de sí un ligerísimo rumor de hojas.

Se volvió para mirar y vio, en la oscuridad, dos figuras negras muy encapuchadas en dos sacos de carbón, las cuales corrían detrás de él a saltos y de puntillas, como si fueran dos fantasmas.

—¡Helos aquí, de veras! —dijo entre sí; y no sabiendo dónde esconder las cuatro monedas, se las metió en la boca, precisamente debajo de la lengua.

Después intentó huir. Mas no había dado aún el primer paso, cuando sintió que le cogían por los brazos y oyó dos voces horribles y cavernosas que le dijeron:

—¡La bolsa o la vida!

Pinocho, no pudiendo hablar a causa de las monedas que tenía en la boca, hizo mil gestos y pantomimas para dar a entender a los dos encapuchados, de quienes sólo se veían los ojos a través de los agujeros de los sacos, que él era un pobre polichinela, y que no llevaba ni siquiera un céntimo falso.

—¡Aprisa, aprisa! ¡Menos gestos y venga el dinero! —gritaban los dos bandoleros.

El polichinela hizo con la cabeza y con las manos un gesto como diciendo: «No tengo».

–Aprisa, saca el dinero o date por muerto –dijo el más alto de los dos malhechores.

–¡Muerto! –repitió el otro.

–¡Y después de ti, mataremos también a tu padre!

–¡No, no, no, a mi padre, no! –gritó Pinocho con acento desesperado; pero al gritar así, las monedas le sonaron en la boca.

–¡Ah, bribón! ¿De modo que te has escondido el dinero debajo de la lengua? ¡Escúpelo en seguida!

¡Pero Pinocho, nada!

–¡Ah!, ¿te haces el sordo? ¡Espera un poco, que nosotros te lo haremos escupir!

En efecto, uno de ellos agarró al polichinela por la punta de la nariz mientras el otro le cogía por la barbilla, y uno por un lado y otro por otro, empezaron a tirar fuertemente para obligarle a abrir la boca; pero no hubo manera. La boca del polichinela parecía clavada y remachada.

Entonces, el más bajo de los asesinos, sacando un gran cuchillo trató de hundírselo a modo de palanca entre los labios; pero Pinocho, rápido como un relámpago, le clavó los dientes en la mano, y después de arrancársela de cuajo de un mordisco, la escupió; y figuraos su asombro cuando, en vez de una mano, se percató de que había escupido una zarpa de gato.

Envalentonado por esta primera victoria, se libró luchando de las garras de los asesinos, y saltando el seto del camino emprendió la huida a campo traviesa. Los bandidos le perseguían como dos perros a una liebre; y el que había perdido una pata corría con una menos, lo cual nunca se ha sabido cómo pudo hacerlo.

Después de una carrera de unos quince kilómetros, Pinocho no podía más. Entonces, viéndose perdido, trepó por el tronco de un altísimo pino, sentándose en la cima de las ramas. Los malhechores intentaron trepar también ellos, pero, llegados a la mitad del tronco, resbalaron, rebotando en tierra, y se despellejaron las manos y los pies.

No por ello se dieron por vencidos, sino que, recogiendo un brazado de leña seca que se encontraba al pie del pino, le prendieron fuego. En un santiamén, el árbol empezó a arder y relumbrar como una candela agitada por el viento. Pinocho, viendo que las llamas se elevaban cada vez más, y no queriendo terminar como un pichón asado, pegó un gran salto desde la copa del árbol y reemprendió su carrera desenfrenada. Y los asesinos, detrás, siempre detrás, sin cansarse nunca.

Entre tanto, empezaba a clarear el día y la persecución continuaba; cuando he aquí que Pinocho se encontró de sopetón cerrado el paso por un ancho y profundísimo foso, lleno de agua sucia color café con leche. ¿Qué hacer? «¡Una, dos, tres!», gritó el polichinela, y lanzándose con un gran impulso, saltó al otro lado. También los asesinos saltaron, pero no habiendo medido bien la distancia, ¡pataplum!…, cayeron en medio del foso. Pinocho, que sintió la caída y las salpicaduras del agua, gritó riendo sin dejar de correr:

–¡Buen baño, señores asesinos!

Ya se figuraba que estarían bien ahogados, cuando, volviéndose a mirar, vio, en cambio, que le seguían los dos, siempre encapuchados en sus sacos y chorreando agua.

CAPÍTULO XV

Los malhechores siguen persiguiendo a Pinocho, y, cuando al fin lo alcanzan,
lo cuelgan de una rama de la Encina Grande

Entonces el polichinela, descorazonándose, estuvo a punto de dejarse caer en tierra y darse por vencido, cuando al volver la vista a su alrededor vio blanquear en lontananza, en medio del verde oscuro de los árboles, una casita blanca como la nieve.

–Si yo tuviese aún aliento para llegar hasta aquella casa, quizá me pondría a salvo –dijo para sí.

Y sin detenerse más, empezó a correr por el bosque a carrera tendida. Y los malhechores, siempre detrás.

Después de haber corrido desesperadamente casi dos horas, llegó por fin, jadeante, a la puerta de aquella casita y llamó.

No respondió nadie.

Volvió a llamar con mayor violencia, porque oía aproximarse el rumor de los pasos y la respiración fuerte y fatigosa de sus perseguidores. El mismo silencio.

Viendo que el llamar no le daba ningún resultado, vencido por la desesperación, empezó a dar patadas y cabezazos en la puerta. Entonces se asomó a la ventana una linda niña, con los cabellos azules y la cara blanca como una imagen de cera, los ojos cerrados y las manos cruzadas sobre el pecho, la cual, sin mover un punto los labios, dijo con una vocecita que parecía venir del otro mundo:

–En esta casa no hay nadie. Todos han muerto.

–¡Ábreme tú, al menos! –gritó Pinocho llorando y suplicando.

–También yo estoy muerta.

–¿Muerta? Entonces, ¿qué haces en la ventana?

–Espero el ataúd que ha de llevárseme.

Dicho esto, la niña desapareció, y la ventana volvió a cerrarse sin hacer ningún ruido.

–¡Oh, bella niña de los cabellos azules –gritaba Pinocho–, ábreme, por caridad! Ten compasión de este pobre chiquillo perseguido por los ase...

Pero no pudo terminar la palabra, porque se sintió cogido por el cuello y oyó las dos terribles voces, que gruñían amenazadoramente:

–¡Ahora no te escaparás!

El polichinela, viendo relampaguear la muerte ante sus ojos, fue presa de un temblor tan fuerte que, al estremecerse, le sonaban las junturas de las piernas de madera y las cuatro monedas que tenía escondidas debajo de la lengua.

–¿Quieres abrir la boca, sí o no? –le preguntaron los bandidos–. ¡Ah!, ¿no contestas?... Vas a ver cómo te la haremos abrir nosotros...

Y sacando dos cuchillos largos, largos, y afilados como navajas de afeitar, paf... le propinaron dos cuchilladas en medio de los riñones.

Por fortuna suya, el polichinela estaba hecho de una madera durísima, motivo por el cual las hojas se rompieron en mil pedazos y los malhechores se quedaron con el mango del cuchillo en la mano, mirándose uno a otro.

–Ya lo entiendo –dijo entonces uno de ellos–; ¡es preciso ahorcarlo! ¡Ahorquémosle!

–Ahorquémosle –repitió el otro.

Dicho y hecho, le ataron las manos detrás de la espalda y pasándole un nudo corredizo por el cuello, lo colgaron de las ramas de una gruesa encina, llamada la Encina Grande.

Después se quedaron allí, sentados en la hierba, esperando que el polichinela hiciera el último estremecimiento; pero transcurridas tres horas, el polichinela tenía todavía los ojos abiertos y la boca cerrada, y perneaba más que nunca.

Cansados por fin de tanto esperar, volviéndose a Pinocho con grandes carcajadas, le dijeron:

–Adiós, hasta mañana. Cuando regresemos, esperamos que nos harás el obsequio de estar ya muerto y con la boca abierta.

Y se fueron.

Mientras, se había levantado un viento impetuoso de tramontana que, soplando y mugiendo con rabia, balanceaba de acá para allá al pobre colgado, como badajo de campana repicando a fiesta. Aquel balanceo le ocasionaba agudísimos dolores, y el nudo corredizo, estrechándole cada vez más la garganta, le quitaba la respiración.

Poco a poco los ojos se le fueron empañando, y, si bien sentía acercarse la muerte, también esperaba siempre que de un momento a otro pudiese aparecer un alma piadosa que le prestase ayuda. Mas cuando, espera que te espera, vio que no aparecía nadie, absolutamente nadie, se acordó de su pobre padre... y balbuceó casi moribundo:

–¡Oh padre mío! ¡Si tú estuvieses aquí!…

No tuvo aliento para decir más. Cerró los ojos, abrió la boca, estiró las piernas y, dando una gran sacudida, quedó inmóvil.

CAPÍTULO XVI

La Bella Niña de los Cabellos Azules hace recoger al polichinela,
lo mete en la cama y llama a tres médicos para saber si está vivo o muerto

Mientras el pobre Pinocho yacía colgado por los asesinos en una rama de la Encina Grande y parecía ya más muerto que vivo, la bella Niña de los Cabellos Azules se asomó del todo a la ventana y, apiadándose a la vista de aquel infeliz que suspendido por el cuello bailaba un rigodón al compás de la tramontana, dio con las manos tres palmaditas.

A esta llamada se oyó un gran rumor de alas que se agitaban en raudo vuelo, y un gran Halcón fue a posarse en el alféizar de la ventana.

—¿Qué ordenáis, mi graciosa Hada? —dijo el Halcón inclinando el pico en señal de reverencia (porque es necesario que os diga que la Niña de los Cabellos Azules no era otra, en fin de cuentas, que una bonísima hada que desde hacía más de mil años habitaba en las cercanías de aquel bosque).

—¿Ves aquel polichinela pendiendo inerte de una rama de la Encina Grande?

—Lo veo.

—Pues bien; ve en seguida volando hasta allí, rompe con tu fortísimo pico el nudo que lo tiene suspendido en el aire y tiéndelo delicadamente sobre la hierba al pie de la encina.

El Halcón tendió el vuelo y, transcurridos dos minutos, volvió, diciendo:

—Lo que me habéis ordenado, está hecho.

—¿Y cómo lo habéis encontrado? ¿Vivo o muerto?

—Contemplándolo, parecía muerto; pero, afortunadamente, no debe de estarlo aún, porque apenas le he desatado el nudo corredizo que le apretaba rodeándole la garganta, ha dejado escapar un suspiro, balbuciendo a media voz: «Ahora me siento mejor».

Entonces el Hada dio unas palmaditas y apareció un magnífico Can-Barbudo, que caminaba erguido sobre las patas traseras, como si fuese un hombre.

El Can-Barbudo iba vestido de cochero con librea de gala. Llevaba en la cabeza un sombrero de tres picos galoneado de oro, una peluca blanca cuyos rizos le descendían hasta el cuello, una levita color de chocolate con los botones brillantes y con dos grandes bolsillos para guardar los huesos que a la hora de la comida le regalaba su patrona, unos calzones cortos de terciopelo carmesí, las medias de seda, los zapatitos escotados y, por detrás, una especie de funda de paraguas, de raso azul, para poner dentro la cola en caso de lluvia.

–¡Muy bien, Medoro! –dijo el Hada al Can-Barbudo–. Haz enganchar inmediatamente la más bella carroza de mí caballeriza y toma el camino del bosque. Una vez hayas llegado a la Encina Grande, hallarás tendido sobre la hierba a un pobre polichinela medio muerto. Recógelo con cuidado, deposítalo sobre los almohadones de la carroza y tráemelo aquí. ¿Has comprendido?

El Can-Barbudo, para hacer saber que lo había entendido, meneó tres o cuatro veces la funda de raso azul que tenía detrás, y partió veloz como un caballo de carreras.

Al poco rato se vio salir de la caballeriza una linda carrocita del color del aire, toda acolchada con plumas de canario y forrada interiormente de mantequilla y de crema con saboyana. La carrocita iba tirada por cien parejas de ratitas blancas, y el Can-Barbudo, sentado en el pescante, blandía la fusta a diestra y siniestra, como un cochero que tiene miedo de haberse retrasado.

No había pasado todavía un cuarto de hora, cuando la carrocita regresó, y el Hada, que estaba esperando en la puerta de la casa, cogió en brazos al pobre polichinela, y llevándolo a un cuartito que tenía las paredes de madreperla, mandó llamar inmediatamente a los médicos más famosos del contorno.

Llegaron en seguida, uno después de otro: un Cuervo, un Mochuelo y un Grillo-Parlante.

–Querría saber de vosotros, señores –dijo el Hada, dirigiéndose a los tres médicos reunidos en torno al lecho de Pinocho–, si este desgraciado polichinela está vivo o muerto...

A esta invitación, el Cuervo, adelantándose el primero, tomó el pulso a Pinocho, después le palpó la nariz, después los dedos pequeños de los pies, y cuando acabó de palparle concienzudamente pronunció con solemnidad estas palabras:

–Según mi parecer, el polichinela está bien muerto; pero si por desgracia no lo estuviese, entonces sería indicio seguro de que aún vive.

–Me disgusta –dijo el Mochuelo– tener que contradecir al Cuervo, mi ilustre amigo y colega; para mí, en cambio, el polichinela vive todavía; pero si por desgracia no estuviese vivo, entonces sería señal de que está muerto de veras.

–¿Y vos no decís nada? –preguntó el Hada al Grillo-Parlante.

–Yo digo que el médico prudente, cuando no sabe lo que dice, debería estar callado. Por lo demás, este polichinela no es un extraño para mí; lo conozco hace tiempo...

Pinocho, que hasta entonces había permanecido inmóvil como un verdadero pedazo de madera, fue presa de un temblor convulsivo que hizo mover toda la cama.

–Este polichinela –prosiguió diciendo el Grillo-Parlante– es un rematado pillo...

Pinocho abrió los ojos, cerrándolos en seguida.

–Es un pillastre, un desagradecido, un vagabundo...

Pinocho escondió la cara bajo las sábanas.

–¡Este polichinela es un hijo desobediente, que hará morir de dolor a su pobre padre!...

Al llegar a este punto se oyó en la habitación un rumor ahogado de llantos y de sollozos. Figuraos cómo se quedarían todos cuando, levantando un poco las sábanas, se dieron cuenta de que el que lloraba y sollozaba era Pinocho.

–Cuando el muerto llora, es que está en vías de curación –dijo solemnemente el Cuervo.

–Me duele tener que contradecir a mi ilustre amigo y colega –añadió el Mochuelo–, pero, para mí, cuando el muerto llora es señal de que le disgusta morir.

CAPÍTULO XVII

*Pinocho se come el azúcar y no quiere purgarse, pero cuando ve a los enterradores
que vienen a llevárselo, se purga. Después dice una mentira y, como castigo,
le crece la nariz*

Apenas salieron de la habitación los tres médicos, el Hada se acercó a Pinocho y, después de haberle tocado en la frente, advirtió que tenía una fiebre muy alta.

Entonces, disolviendo unos polvos blancos en medio vaso de agua, y dándoselo al polichinela, le dijo amorosamente:

—Bébelo y en pocos días estarás curado.

Pinocho miró el vaso, hizo una mueca y, luego, preguntó con voz llorosa:

—¿Es dulce, o amarga?

—Es amarga, pero te hará bien.

—Si es amarga, no la quiero.

—Hazme caso; bébela.

—A mí lo amargo no me gusta.

—Bébela y, cuando la hayas bebido, te daré un terrón de azúcar para quitarte el mal sabor.

—¿Dónde está el terrón de azúcar?

—Míralo —dijo el Hada, sacándolo de una azucarera de oro.

—Antes quiero el terrón de azúcar y después ya beberé el agua amarga...

—¿Me lo prometes?

—Sí...

El Hada le dio el terrón, y Pinocho, después de haberlo masticado y tragado en un instante, dijo chupándose los labios:

—¡Qué bonito sería que el azúcar fuese también una medicina!... Me purgaría todos los días.

—Ahora cumple tu promesa y bebe estas pocas gotas de agua, que te devolverán la salud.

Pinocho cogió de mala gana el vaso con la mano y metió dentro la punta de la nariz; después, se lo acercó a la boca; luego, volvió a meter la punta de la nariz y, finalmente, dijo:

—¡Es demasiado amarga! ¡No la puedo beber!

—¿Cómo puedes decir eso, si no la has probado siquiera?

—¡Me lo figuro! Sólo por el olor lo sé. Quiero antes otro terrón de azúcar... y luego la beberé...

Entonces el Hada, con toda la paciencia de una buena madre, le puso en la boca otro poquito de azúcar, y después le presentó de nuevo el vaso.

—¡Así no la puedo beber! —dijo el polichinela haciendo mil gestos.

–¿Por qué?

–Porque me fastidia ese almohadón que tengo sobre los pies.

El Hada le quitó el almohadón.

–¡Es inútil! Ni aun así la puedo beber...

–¿Te molesta algo más?

–Me molesta la puerta del cuarto, que está medio abierta.

El Hada cerró la puerta.

–¡De todos modos –exclamó Pinocho rompiendo a llorar–, no quiero beber esa aguota amarga, no, no y no!...

–Hijo mío, te arrepentirás...

–No me importa...

–Tu enfermedad es grave...

–No me importa...

–La fiebre te llevará en pocas horas al otro mundo.

–No me importa...

–¿No tienes miedo a la muerte?

–¡Nada de miedo!... Antes morir que beber esa medicina tan mala.

En aquel momento la puerta de la habitación se abrió y entraron cuatro conejos negros como la tinta, llevando sobre sus hombros un pequeño ataúd.

–¿Qué queréis de mí? –exclamó Pinocho, incorporándose muy asustado.

–Hemos venido para llevarte al cementerio –contestó el conejo más grande.

–¿Para llevarme al cementerio?... ¡Pero si todavía no me he muerto!...

–Aún no; pero te quedan pocos minutos de vida habiéndote negado a beber la medicina que te habría quitado la fiebre.

–¡Oh Hada mía, Hada mía –empezó entonces a implorar el polichinela–, dadme en seguida aquel vaso!... ¡Daos prisa, por piedad, porque no quiero morir, no.... no quiero morir!...

Y cogiendo el vaso con las dos manos, lo vació de un trago.

–¡Paciencia! –dijeron los conejos–. Por esta vez hemos hecho el viaje en balde.

Y cargando de nuevo el pequeño ataúd sobre los hombros salieron de la habitación refunfuñando y murmurando entre dientes.

Dicho está que, a los pocos minutos, Pinocho saltó de la cama, completamente curado; porque es menester que sepáis que los polichinelas de madera tienen el privilegio de enfermar raramente y de restablecerse muy pronto.

El Hada, viéndole correr y brincar, vivo y alegre como un polluelo recién nacido, le dijo:

–Mi medicina te ha hecho realmente bien, ¿verdad?

–¡Más que bien! ¡Me ha resucitado!...

–¿Por qué, entonces, he tenido que rogarte tanto para que te la bebieras?

–¡Pues porque nosotros los chicos somos todos así! Tenemos más miedo de las medicinas que del mal.

–¡Vergüenza debería darte! Los chicos debieran saber que una buena medicina tomada a tiempo puede salvarlos de una grave dolencia y hasta de la misma muerte...

–¡Oh, pero otra vez no me haré rogar tanto! ¡Me acordaré de esos conejos negros, con el ataúd a cuestas... y entonces cogeré en seguida el vaso, y abajo!...

–Ahora acércate un poco y explícame cómo caíste en manos de los asesinos.

–Pues fue porque el titiritero Comefuego me dio algunas monedas de oro, diciéndome: «¡Ten, llévaselas a tu padre», y ya en camino, yendo por la calle encontré a una Zorra y un Gato, dos personas de bien, que me dijeron: «¿Quieres que esas monedas se conviertan en mil o dos mil? Ven con nosotros y te conduciremos al Campo de los Milagros». Yo contesté: «Vamos»; y ellos dijeron: «Detengámonos aquí, en la posada del Cangrejo Rojo, y después de la medianoche partiremos». Cuando yo me desperté, ellos ya no estaban, porque se habían marchado. Entonces empecé a caminar de noche y había una oscuridad que parecía imposible, por lo que encontré por el camino a dos asesinos metidos en dos sacos de carbón, que me dijeron: «Saca el dinero»; y yo contesté: «No lo tengo», porque las cuatro monedas me las había escondido en la boca, y uno de los bandidos quiso echarme mano a la boca, pero yo, de un mordisco se la arranqué y luego la escupí, pero en vez de una mano escupí una zarpa de gato. Y los asesinos, a perseguirme, y yo corre que te corre, hasta que me alcanzaron y me ataron colgado del cuello a un árbol de este bosque, diciéndome: «Mañana volveremos y entonces estarás muerto y con la boca abierta, y así nos apoderaremos de las monedas de oro que te has escondido debajo de la lengua».

–¿Y dónde están las monedas? –le preguntó el Hada.

–¡Las he perdido! –contestó Pinocho; pero dijo una mentira, porque las tenía escondidas en el fondo de su bolsillo.

Apenas hubo dicho esta mentira, su nariz, que ya era larga, le creció de pronto dos dedos más.

–¿Y dónde las has perdido?

–En el bosque vecino.

Al decir esta segunda mentira, la nariz siguió creciéndole.

–Si las has perdido en el bosque vecino –dijo el Hada–, las buscaremos y las hallaremos, porque todo lo que se pierde en ese bosque se recupera siempre.

–¡Ah!, ahora que me acuerdo bien –replicó el polichinela, embrollándose–, no he perdido las monedas, pero, sin darme cuenta, me las he tragado mientras bebía vuestra medicina.

Con esta tercera mentira, la nariz se le alargó de un modo tan extraordinario que el pobre Pinocho no podía volverse de ningún lado. Si se volvía hacia acá, golpeaba con la nariz en la cama o en los cristales de la ventana; si hacia allá, daba con ella en las paredes o en la puerta de la habitación; si alzaba un poco más la cabeza, corría el riesgo de metérsela en un ojo al Hada.

Y el Hada lo miraba y se reía.

–¿Por qué os reís? –le preguntó el polichinela, muy confuso y preocupado por su nariz, que crecía a ojos vistas.

–Me río de la mentira que me has dicho.

–Pero ¿cómo sabéis que he dicho una mentira?

–Las mentiras, hijo mío, se descubren en seguida. Hay de dos especies: las que tienen las piernas cortas y las que tienen la nariz larga; la tuya es de las que tienen la nariz larga.

Pinocho, no sabiendo dónde esconderse por la vergüenza que sentía, intentó huir de la habitación, pero no lo consiguió. Su nariz había crecido tanto que no cabía ya por la puerta.

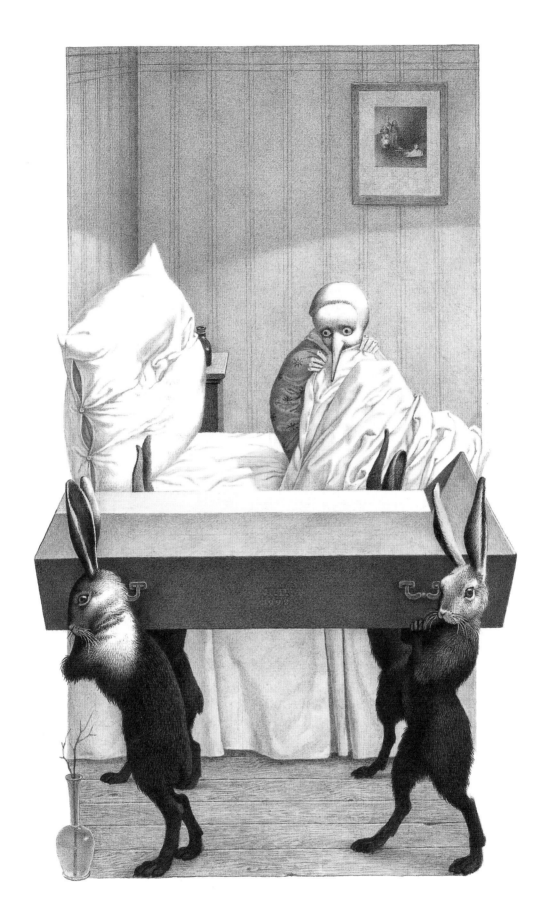

CAPÍTULO XVIII

*Pínocho vuelve a encontrar a la Zorra y al Gato, y se va con ellos
a sembrar las cuatro monedas en el Campo de los Mílagros*

Como podéis imaginar, el Hada dejó que el polichinela
llorase y gritase durante una buena media hora, a causa
de su nariz que no cabía ya por la puerta del cuarto; lo
cual hizo para darle una severa lección y para que se
corrigiese del feo vicio de decir mentiras, el vicio más feo
que puede tener un chico. Mas cuando lo vio transfigu-
rado y con los ojos fuera de las órbitas por la desesperación que tenía, entonces, movida a compasión, dio unas
palmadas, y acto seguido entraron en la estancia por la
ventana un millar de grandes pájaros llamados picama-
deros, los cuales, posándose en la nariz de Pinocho,
comenzaron a picársela y picársela de tal forma, que en pocos momentos aquella nariz enorme y desproporcionada se vio reducida a su tamaño normal.

–¡Qué buena sois, Hada mía –dijo el polichinela enjugándose los ojos–, y cuánto os quiero!

–También yo te quiero –respondió el Hada–, y si quieres quedarte conmigo, tú serás mi
hermanito y yo tu buena hermanita...

–Me quedaría de buena gana... pero mi pobre padre...

–He pensado en todo. Tu padre ha sido ya advertido; y antes de que sea de noche, estará
aquí.

–¿De veras? –exclamó Pinocho, saltando de júbilo–. Entonces, Hada mía, si me lo consen-
tís, quisiera salir a su encuentro. ¡No veo la hora de poder dar un beso a aquel pobre viejo
que tanto ha sufrido por mí!

–Puedes ir, pero ten cuidado de no perderte. Toma el camino del bosque, y estoy segurísi-
ma de que lo encontrarás.

Pinocho se fue; y así que se halló en el bosque empezó a correr como un corzo. Llegado
que fue a cierto punto, casi enfrente de la Encina Grande, se paró, porque le pareció haber
oído gente entre el ramaje. En efecto, vio aparecer por el camino, ¿adivináis a quién?... A la
Zorra, y al Gato, o sea a los dos compañeros de viaje con los cuales había cenado en la posada del Cangrejo Rojo.

–¡Mira, nuestro querido Pinocho! –exclamó la Zorra, abrazándole y besándole–. ¿Cómo
te hallas aquí?

–¿Cómo te hallas aquí? –repitió el Gato.

–Es una historia larga –dijo el polichinela–, ya os la contaré con más detenimiento. Sabed solamente que la otra noche, cuando me dejasteis solo en la posada, me encontré a los bandidos por el camino...

–¿A los bandidos? ¡Oh, pobre amigo! ¿Y qué querían?

–Querían robarme las monedas de oro.

–¡Infames!... –dijo la Zorra.

–¡Infamísimos! –añadió el Gato.

–Pero yo pude escaparme –continuó diciendo el polichinela–, y ellos, siempre detrás; hasta que me alcanzaron y me colgaron de una rama de aquella encina...

Y Pinocho señaló la Encina Grande, que estaba allí, a dos pasos.

–¿Se puede oír algo peor? –dijo la Zorra–. ¿En qué mundo estamos condenados a vivir? ¿Dónde encontraremos un refugio seguro la gente de bien?

Mientras hablaba así, Pinocho advirtió que el Gato estaba cojo de la pata izquierda delantera, porque le faltaba toda la zarpa, con las uñas y todo, por lo que le preguntó:

–¿Qué has hecho de tu pata?

El Gato quería contestar algo, pero se embrolló. Entonces la Zorra acudió en su ayuda:

–Mi amigo es demasiado modesto, y por ello no contesta. Contestaré yo por él. Has de saber que hace una hora hemos encontrado por el camino a un viejo lobo, casi desvanecido por el hambre, que nos ha pedido limosna. No teniendo nosotros para darle ni siquiera una espina de pescado, ¿qué es lo que ha hecho mi amigo, que tiene verdaderamente el corazón de oro?... Se ha arrancado con los dientes una de sus patas delanteras y se la ha dado a aquel pobre animal, para que pudiera desayunarse.

Y así diciendo, la Zorra se enjugó una lágrima.

Pinocho, conmovido también él, se acercó al Gato, susurrándole al oído:

–¡Si todos los gatos se pareciesen a ti, qué afortunados serían los ratones!...

–Y ahora, ¿qué es lo que haces en estos lugares? –preguntó la Zorra al polichinela.

–Espero a mi padre, que debe llegar aquí de un momento a otro.

–¿Y tus monedas de oro?

–Las llevo siempre en el bolsillo, menos una que gasté en la posada del Cangrejo Rojo.

–¡Y pensar que, en vez de cuatro monedas, podrían ser mañana mil o dos mil! ¿Por qué no sigues mi consejo? ¿Por qué no vas a sembrarlas al Campo de los Milagros?

–Hoy es imposible; iré otro día.

–Otro día será tarde –dijo la Zorra.

–¿Por qué?

–Porque el Campo ha sido comprado por un gran señor, y de mañana en adelante no se permitirá ya a nadie sembrar allí el dinero.

–¿Está muy lejos de aquí el Campo de los Milagros?

–Dos kilómetros apenas. ¿Quieres venir con nosotros? En media hora estás allá; siembras en seguida las cuatro monedas, a los pocos minutos recoges dos mil y esta noche regresas aquí con los bolsillos llenos. ¿Quieres venir con nosotros?

Pinocho vaciló un poco antes de contestar, porque se acordó de la buena Hada, del viejo Gepeto y de las advertencias del Grillo-Parlante; pero después acabó como suelen acabar todos los chicos sin un dedo de juicio y sin corazón: hizo un movimiento de cabeza, y dijo a la Zorra y al Gato:

—Vamos, pues; voy con vosotros.

Y partieron.

Después de haber caminado una media jornada llegaron a una ciudad que tenía por nombre «Atrapabobos». Así que entró en la ciudad, Pinocho vio todas las calles pobladas de perros pelados que bostezaban de hambre, de ovejas esquiladas que temblaban de frío, de gallinas sin cresta y sin barba que pedían la limosna de un grano de maíz, de grandes mariposas que no podían volar más porque habían vendido sus bellísimas alas de colores, de pavos sin cola que se avergonzaban de que los viesen, y de faisanes que andaban silenciosamente, añorando sus centelleantes plumas de oro y plata, ya perdidas para siempre.

En medio de esta muchedumbre de mendigos y pobres vergonzantes pasaban de tanto en tanto algunas carrozas señoriales, en las cuales iba alguna zorra, o alguna urraca ladrona, o algún ave de rapiña.

—¿Y el Campo de los Milagros, dónde está? —preguntó Pinocho.

—Está aquí, a dos pasos.

En efecto, atravesada la ciudad y fuera ya de las murallas, se detuvieron en un campo solitario que, más o menos, se parecía a los demás campos.

—Ya hemos llegado —dijo la Zorra al polichinela—. Ahora arrodíllate en tierra, excava con las manos un pequeño agujero en el campo y pon dentro las monedas de oro.

Pinocho obedeció. Hizo el agujero, puso dentro las cuatro monedas de oro que le habían quedado, y después recubrió el agujero con un poco de tierra.

—Ahora —dijo la Zorra—, vas al arroyo vecino, coges un cubo de agua y riegas el terreno donde has sembrado las monedas.

Pinocho fue al arroyo, y no teniendo a mano ningún cubo, se quitó un zapato y, llenándolo de agua, regó la tierra que cubría el agujero. Después preguntó:

—¿Hay que hacer algo más?

—Nada más —respondió la Zorra—. Ahora podemos irnos. Tú vuelve aquí dentro de unos veinte minutos y encontrarás ya al arbolito brotando del suelo y con las ramas todas cargadas de monedas.

El pobre polichinela, fuera de sí por la alegría, dio mil veces las gracias a la Zorra y al Gato, y les prometió un hermoso regalo.

—Nosotros no queremos regalos —contestaron aquellos dos tunantes—. Nos basta con haberte enseñado la manera de hacerte rico sin esfuerzo, y estamos contentos como unas Pascuas.

Dicho esto, saludaron a Pinocho y, deseándole una buena cosecha, se fueron a proseguir sus andanzas.

CAPÍTULO XIX

*A Pinocho le roban sus monedas de oro y, como castigo,
lo encarcelan durante cuatro meses*

El polichinela, así que llegó a la ciudad, empezó a contar los minutos uno a uno; y, cuando le pareció que había transcurrido el tiempo indicado, emprendió en seguida el camino que conducía al Campo de los Milagros.

Mientras caminaba apresurado, el corazón le latía fuertemente y le hacía tic-tac, tic-tac, como un reloj de pared cuando corre de verdad. Y entre tanto, pensaba:

«¿Y si, en vez de mil monedas, me encontrase en las ramas del árbol dos mil?... ¿Y si en vez de dos mil me encontrase cinco mil?... ¿Y si en vez de cinco mil me encontrase cien mil? ¡Oh, en qué gran señor me convertiría entonces!... Querría tener un bello palacio, mil caballitos de madera y mil caballerizas para poderme divertir, una bodega llena de vinos y licores y un armario repleto de confituras, de pasteles y tortas, de almendrados y de barquillos rellenos de nata y crema.»

Fantaseando así, llegó cerca del Campo, y allí se detuvo a mirar si por casualidad se descubría ya algún árbol con las ramas cargadas de monedas; pero no vio nada. Adelantó otros cien pasos, y nada; entró en el Campo..., llegó hasta el mismo agujerito que había hecho y donde había enterrado sus monedas, y nada. Entonces se quedó pensativo y, olvidándose de las reglas del *Galateo*[1] y de la buena educación, sacó una mano del bolsillo y se puso a rascarse la cabeza durante un buen rato.

En aquel momento oyó silbar en sus oídos una gran risotada, y alzando los ojos vio sobre un árbol a un gran papagayo que se sacudía las pocas plumas que le quedaban.

–¿Por qué te ríes? –le preguntó Pinocho con voz colérica.

–Me río porque, al sacudirme las plumas, me he hecho cosquillas debajo de las alas.

El polichinela no contestó. Fue al arroyo y, volviendo a llenar de agua el mismo zapato, se puso de nuevo a regar la tierra que recubría las monedas de oro.

De pronto, otra risotada, todavía más impertinente que la primera, se dejó oír en la silenciosa soledad del campo.

---

1. Manual de urbanidad empleado en las escuelas de Italia. *(N. de la T.)*

—En suma —gritó Pinocho encolerizándose—, ¿se puede saber, Papagayo mal educado, de qué te ríes?

—Me río de los bobalicones que se creen todas las tonterías que les cuentan y se dejan engañar por quienes son más astutos que ellos.

—¿Te refieres quizás a mí?

—Sí, hablo de ti, pobre Pinocho, que eres tan ingenuo que crees que el dinero se puede sembrar y cosechar en los campos, como se siembran las judías y las calabazas. También yo lo creí una vez y hoy pago las consecuencias. Hoy, ¡demasiado tarde!, he debido persuadirme de que para poder reunir honradamente algún dinero, es preciso sabérselo ganar trabajando con las propias manos o con el ingenio de la propia cabeza.

—No te comprendo —dijo el polichinela, que ya empezaba a temblar de miedo.

—¡Paciencia! Me explicaré mejor —añadió el Papagayo—. Has de saber, pues, que mientras tú estabas en la ciudad, la Zorra y el Gato han vuelto a este Campo; han cogido las monedas de oro enterradas, y después han huido como el viento. ¡Ahora, échales un galgo!

Pinocho se quedó con la boca abierta, y no queriendo dar crédito a las palabras del Papagayo, comenzó con las manos y con las uñas a escarbar la tierra que había regado. Y escarba que te escarba, hizo un agujero tan profundo que hubiera cabido en él un almiar, pero las monedas habían desaparecido. Entonces, presa de la desesperación, volvió a la carrera a la ciudad y se fue derecho al tribunal, para denunciar al juez a los dos bribones que le habían robado.

El juez era un monazo de la raza de los gorilas; un viejo monazo respetable por su larga edad, por su barba blanca y, especialmente, por sus lentes de oro, sin cristales, que estaba obligado a llevar continuamente, a causa de una fluxión de ojos que lo atormentaba desde hacía varios años.

Pinocho, en presencia del juez, explicó de cabo a rabo el fraude de que había sido víctima; dijo el nombre, el apellido y las señas de los timadores, y terminó pidiendo justicia.

El juez lo escuchó con mucha benignidad; se interesó vivamente por lo que se le explicaba, se enterneció, se conmovió, y cuando el polichinela lo hubo dicho ya todo, alargó la mano y tocó la campanilla.

A esta llamada aparecieron en seguida dos mastines vestidos de gendarmes.

Entonces el juez, señalando a Pinocho, les dijo a los gendarmes:

—A este pobre diablo le han sido robadas cuatro monedas de oro; cogedlo, pues, y metedlo en seguida en la cárcel.

El polichinela, al oír pronunciar esta sentencia, se quedó paralizado por el estupor y quería protestar, pero los gendarmes, para ahorrarse discusiones inútiles, le taparon la boca y lo condujeron a la prisión.

Y allí estuvo encerrado cuatro largos meses, cuatro larguísimos meses; y más hubiese estado si no se hubiera producido un caso afortunadísimo. Porque habéis de saber que el joven Emperador que reinaba en la ciudad de Atrapabobos, habiendo obtenido una gran victoria contra sus enemigos, ordenó se celebrasen grandes fiestas públicas, luminarias, fuegos artificiales, carreras de caballos y de bicicletas, y en señal de mayor regocijo quiso que fueran abiertas las cárceles y libertados todos los malhechores.

–Si salen de la cárcel los otros, quiero salir también yo –dijo Pinocho al carcelero.

–Tú, no –contestó el carcelero–, porque no estás incluido en la categoría...

–Dispensad –replicó Pinocho–, pero también yo soy un pillo.

–En tal caso, tienes mil razones –dijo el carcelero, y descubriéndose respetuosamente, le saludó, le abrió las puertas de la prisión y lo dejó libre.

CAPÍTULO XX

Puesto en libertad, se encamina a casa del Hada, pero se encuentra
en el camino una horrible Serpiente, y después queda preso en una trampa

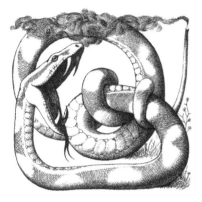

Imaginaos la alegría de Pinocho cuando se vio libre. Sin perder un instante abandonó la ciudad y volvió a tomar el camino que debía conducirle a la casita del Hada.

A causa de la lluvia, el camino estaba convertido en un pantano y se hundía uno en él hasta media pierna. Pero el polichinela no se daba por enterado. Atormentado por la pasión de volver a ver a su padre y a su hermanita de los cabellos azules, corría a saltos como un lebrel, y, corriendo, hacía que las salpicaduras de barro le llegasen hasta por encima del gorro. Entre tanto, se iba diciendo:

–¡Cuántas desgracias me han sucedido!... ¡Y me lo merezco!, porque soy un polichinela tozudo y puntilloso... y quiero hacer siempre las cosas como a mí se me antojan, sin hacer caso de aquellos que me quieren y que tienen mil veces más juicio que yo... Pero de hoy en adelante me hago el propósito de cambiar de conducta y de ser un chico como es debido y obediente... Ya me he convencido de que los chicos, cuando son desobedientes, ellos mismos son los que salen perdiendo y nada les sale bien. ¿Y mi padre, me habrá esperado? ¿Lo encontraré en casa del Hada? ¡Hace ya tanto tiempo, pobre hombre, que no lo he visto, que me muero por hacerle mil caricias y estrujarlo a besos! ¿Y el Hada, me perdonará el haberme portado tan mal con ella? ¡Y pensar que he recibido de ella tantas atenciones y tantos amorosos cuidados..., y pensar que si aún estoy vivo se lo debo a ella! ¿Es posible que exista un chico más ingrato y más sin corazón que yo?

Mientras iba discurriendo así, se paró de pronto, espantado, retrocediendo cuatro pasos.

¿Qué había visto?

Había visto una gran serpiente tendida a través del camino, la cual tenía la piel verde, los ojos de fuego y la cola enderezada y echándole humo como el tubo de una chimenea.

Es imposible imaginarse el miedo del polichinela, el cual, alejándose más de medio kilómetro, se sentó sobre un montoncito de piedras, esperando que la serpiente siguiese voluntariamente su camino y dejase libre el paso.

Esperó una hora, dos horas, tres horas, pero la serpiente estaba siempre en el mismo sitio, y hasta de lejos se veía el centelleo de sus ojos de fuego y la columna de humo que le salía por la punta de la cola.

Entonces Pinocho, creyendo tener valor, se acercó a pocos pasos de distancia, y sacando una vocecita dulce, insinuante y sutil, dijo a la serpiente:

—Perdone, señora Serpiente, ¿no me haría usted el favor de apartarse un poco, lo necesario para dejarme pasar?

Fue lo mismo que si se lo dijese a una pared. Nadie se movió.

Entonces volvió a decir con la misma vocecita:

—Debe saber, señora Serpiente, que yo voy a casa, donde está mi padre esperándome y al que hace mucho tiempo que no he visto.... ¿Se conforma, pues, con que yo siga mi camino?

Esperó una señal de asentimiento a aquella pregunta, pero la respuesta no llegó; antes bien, la Serpiente, que hasta aquel entonces parecía despierta y llena de vida, se quedó inmóvil y casi rígida. Los ojos se le cerraron y la cola cesó de humear.

—¿Estará muerta de verdad?... —dijo Pinocho, frotándose las manos de contento, y, sin perder tiempo, hizo el ademán de saltar por encima de ella para pasar a la otra parte del camino. Mas no había acabado aún de alzar la pierna, cuando la Serpiente se enderezó de improviso, como un muelle disparado, y el polichinela, al hacerse atrás, espantado, tropezó y cayó a tierra.

Y precisamente cayó con tan mala fortuna, que quedó con la cabeza hundida en el fango del camino y con las piernas al aire.

A la vista de aquel polichinela que pataleaba a una velocidad increíble con la cabeza hundida en el barro, la Serpiente fue presa de una convulsión tal de risa, que, riendo, riendo, por fin, del esfuerzo de tanto reírse, se le reventó una vena del pecho, y en aquel momento se murió de veras.

Entonces Pinocho reemprendió la carrera para llegar a la casa del Hada antes de que oscureciera. Al cabo de un rato, no pudiendo resistir más los terribles aguijones del hambre que le torturaba, saltó a una viña con la intención de coger algunos racimos de uva moscatel. ¡Nunca lo hubiese hecho!

Apenas llegado a la cepa, ¡crac!, se sintió cogidas las piernas entre dos hierros cortantes, que le hicieron ver tantas estrellas como había en el cielo.

El pobre polichinela se había metido en una trampa puesta allí por los aldeanos para coger algunas grandes garduñas, que eran el azote de todos los gallineros del contorno.

CAPÍTULO XXI

Pinocho es atrapado por un campesino que le obliga
a hacer de perro guardián en un gallinero

Como podéis figuraros, Pinocho se puso a llorar, a gritar, a pedir socorro; pero todo era en vano, porque a su alrededor no se veían casas y por el camino no pasaba alma viviente.

Entre tanto, se hizo de noche. Un poco por el dolor ocasionado por el cepo, que le segaba las canillas, y otro poco por el miedo de encontrarse solo y a oscuras en medio de aquellos campos, el polichinela empezaba casi a desmayarse, cuando de pronto, viendo pasar cerca de él a una luciérnaga, la llamó y le dijo:

–¡Oh!, gusanito de luz, por caridad, ¿querrías librarme de este suplicio?...

–¡Pobre hijito mío! –replicó la Luciérnaga, deteniéndose compadecida a mirarlo–. ¿Cómo te has quedado con las piernas atenazadas entre esos afilados hierros?

–He entrado en la viña para coger dos racimitos de esta uva moscatel, y...

–Pero ¿la uva era tuya?

–No...

–Entonces, ¿quién te ha enseñado a apoderarte de lo que no es tuyo?...

–Tenía hambre...

–El hambre, hijo mío, no es una buena razón para disponer de lo que no nos pertenece...

–¡Es verdad, es verdad! –exclamó Pinocho llorando–. Pero no lo volveré a hacer.

Al llegar a este punto el diálogo, fue interrumpido por un ligerísimo rumor de pasos que se acercaban. Era el dueño del campo, que, andando de puntillas, iba a la viña a ver si alguna de aquellas garduñas que se le comían de noche las gallinas había caído en la trampa.

Su asombro fue grande cuando, sacando la linterna de debajo de la capa, se dio cuenta de que, en lugar de una garduña, había cazado a un chico.

–¡Ah, ladronzuelo! –dijo el campesino, encolerizado–, ¿eres tú, pues, el que me quita las gallinas?

–¡Yo no, yo no! –exclamó Pinocho sollozando–. ¡Yo he entrado en la viña para coger solamente dos racimos de uva!...

–Quien roba la uva es muy capaz de robar también las gallinas. Déjame hacer a mí, que te daré una lección de la que puedas acordarte durante mucho tiempo.

Y abierta la trampa, agarró al polichinela por el pescuezo y lo llevó de esta forma hasta su casa, igual que lo hubiera hecho con un corderito.

Al llegar a la era de delante de la casa, lo arrojó al suelo, y poniéndole un pie en el cuello, le dijo:

–Ahora ya es tarde y quiero irme a la cama. Mañana ajustaremos nuestras cuentas. Mientras, como quiera que hoy se me ha muerto el perro guardián de noche, tú ocuparás su sitio. Harás de perro guardián.

Dicho y hecho, le puso en el cuello un grueso collar todo cubierto de clavos de latón, y se lo apretó de forma que no pudiese quitárselo pasando por él la cabeza. Al collar estaba unida una larga cadena de hierro, y la cadena estaba clavada en la pared.

–Si esta noche –dijo el campesino– empezase a llover, puedes refugiarte en aquella caseta de madera, donde está siempre la paja que sirvió de lecho durante cuatro años a mi pobre perro. Y si por desgracia viniesen los ladrones, acuérdate de tener las orejas bien abiertas y de ladrar.

Hecha esta última advertencia, el campesino entró en la casa, cerrando la puerta con la mar de cerraduras y trancas, y el pobre Pinocho se quedó agazapado en la era, más muerto que vivo, a causa del frío, del hambre y del miedo. Y de vez en cuando, poniéndose rabiosamente las manos dentro del collar, que le oprimía la garganta, decía llorando:

–¡Me está bien!… ¡Me está muy bien! He querido hacer el remolón, el vagabundo…, he querido dar fe a los malos compañeros, y por eso la desgracia me persigue siempre. Si hubiese sido un buen muchachito como tantos otros, si hubiese tenido ganas de estudiar y de trabajar, si me hubiese quedado en casa con mi pobre padre, a estas horas no me hallaría aquí, en medio de los campos, haciendo de perro guardián en la casa de un aldeano. ¡Oh, si pudiese volver a nacer!… ¡Ahora ya es tarde y hay que tener paciencia!

Tranquilizado su corazón con este pequeño desahogo, entró en la caseta y se durmió.

CAPÍTULO XXII

Pinocho descubre a los ladrones y, en recompensa por haber sido fiel,
es puesto en libertad

Ya hacía más de dos horas que dormía profundamente, cuando a la medianoche fue despertado por un cuchicheo y bisbiseo de extrañas vocecitas, que le pareció venía de la era.

Sacando la punta de la nariz por el agujero de la caseta vio reunidas, celebrando consejo, a cuatro bestezuelas de pelaje oscuro que parecían gatos. Pero no eran gatos; eran garduñas, animalitos carnívoros, avidísimos de huesos y de pollitos tiernos. Una de ellas, separándose de sus compañeras, se aproximó al agujero de la caseta y dijo en voz baja:

—Buenas noches, Melampo.

—Yo no me llamo Melampo —contestó el polichinela.

—¿Quién eres, pues?

—Soy Pinocho.

—¿Y qué haces ahí?

—Hago de perro guardián.

—¿Y Melampo, dónde está? ¿Dónde está el viejo perro que habitaba esta caseta?

—Se ha muerto esta mañana.

—¿Muerto? ¡Pobre animal! ¡Era tan bueno!... Pero, a juzgar por tu fisonomía, también tú pareces un perro excelente.

—Perdón, yo no soy un perro...

—¿Quién eres, pues?

—Soy un polichinela.

—¿Y haces de perro guardián?

—¡Sí, para mi castigo!

—Pues bien, yo te propongo los mismos pactos que tenía con el difunto Melampo, y quedarás contento.

—¿Qué pactos son?

—Nosotros vendremos una vez por semana, como de costumbre, a visitar de noche este gallinero, y nos llevaremos ocho gallinas. De estas gallinas, nosotras nos comeremos siete, y la otra restante te la daremos a ti, a condición de que tú finjas dormir y no se te ocurra nunca ladrar y despertar al aldeano.

–¿Melampo lo hacía así? –preguntó Pinocho.

–Así lo hacía, y él y nosotras estuvimos siempre de acuerdo. De modo que duerme tranquilamente y estáte seguro de que antes de que nos vayamos te dejaremos en la caseta una hermosa gallina, bien pelada, para el almuerzo de mañana. ¿Quedamos bien entendidos?

–¡Ya lo creo; demasiado y todo!… –contestó Pinocho; y movió la cabeza con aire amenazador, como si hubiese querido decir: «¡Dentro de poco volveremos a hablar del asunto!».

Cuando las cuatro garduñas creyeron que estaba todo arreglado, se fueron derechas al gallinero, situado precisamente cerquísima de la caseta del perro, y así que abrieron a fuerza de dentelladas y de uñadas la puertecita de madera que protegía la entrada, se metieron dentro, una después de otra. Pero no habían acabado de entrar, cuando sintieron que la puerta volvía a cerrarse con grandísima violencia.

El que la volvía a cerrar era Pinocho, quien, no contento con haberla cerrado, le puso delante una gran piedra, para asegurarla más.

Después empezó a ladrar, propiamente como si fuese un perro guardián.

–¡Guau, guau, guau!

Al oír los ladridos, el aldeano saltó de la cama, y cogiendo el fusil y asomándose a la ventana, preguntó:

–¿Qué hay de nuevo?

–¡Están los ladrones! –respondió Pinocho.

–¿Dónde están?

–En el gallinero.

–Bajo en seguida.

Efectivamente, en menos tiempo del que se necesita para decir amén, el aldeano bajó; entró corriendo en el gallinero, y después de haber atrapado y encerrado en un saco a las cuatro garduñas, les dijo con acento de verdadero gozo:

–¡Por fin habéis caído en mis manos! ¡Podría castigaros, pero no soy tan vil! Me contentaré, en cambio, con llevaros mañana al posadero del pueblo vecino, el cual os despellejará y guisará a la manera de una liebre dulce y picante. Es un honor que no merecéis, pero los hombres generosos como yo no reparan en estas pequeñeces…

Después, acercándose a Pinocho, empezó a hacerle mil caricias, y, entre otras cosas, le preguntó:

–¿Cómo te has arreglado para descubrir el complot de estas cuatro ladronzuelas? ¡Y pensar que Melampo, mi fiel Melampo, no se había dado nunca cuenta de nada!…

El polichinela hubiera podido entonces explicar lo que sabía; esto es, los vergonzosos pactos hechos entre el can y las garduñas, pero acordándose de que el perro estaba muerto, pensó inmediatamente para sus adentros: «¿De qué sirve acusar a los muertos?… ¡Los muertos, muertos están, y lo mejor que puedo hacer es dejarlos en paz!…».

–Cuando las garduñas llegaron a la era, ¿estabas despierto, o dormido? –siguió preguntándole el aldeano.

–Dormía –contestó Pinocho–, pero las garduñas me despertaron con sus cuchicheos, y una se llegó hasta la caseta para decirme: «Si me prometes no ladrar y no despertar al dueño, te regalaremos una hermosa gallina bien pelada...». ¿Comprendéis, eh? ¡Tener la desvergüenza de hacerme a mí semejante proposición! Porque habéis de saber que yo soy un polichinela que tendré todos los defectos del mundo, pero no tendré nunca el de pactar con la gente indeseable y ayudarla en sus pillerías.

–¡Buen muchacho! –exclamó el campesino, dándole unos golpecitos en la espalda–. Esos sentimientos te honran, y para demostrarte la gran satisfacción que experimento, quedas desde ahora en libertad para volver a tu casa.

Y le quitó el collar de perro.

CAPÍTULO XXIII

Pinocho llora la muerte de la Bella Niña de los Cabellos Azules;
luego encuentra un Palomo, que le conduce a la orilla del mar,
y allí se lanza al agua para salvar a su padre Gepeto

Tan pronto como Pinocho se sintió libre del peso durísimo y humillante de aquel collar en torno al cuello, se puso a correr a campo traviesa y no se paró hasta llegar a la carretera que debía conducirlo a la casita del Hada.

Ya en la carretera, se volvió para mirar la llanura que quedaba abajo, distinguiendo con toda claridad el bosque donde desgraciadamente había encontrado a la Zorra y al Gato; vio, en medio de los árboles, elevarse la copa de aquella Encina Grande, a la cual había sido colgado por el cuello, pero por más que miró por todas partes, no le fue posible descubrir la casita de la bella Niña de los Cabellos Azules.

Entonces tuvo una especie de triste presentimiento y, echando a correr con cuanta fuerza le permitían las piernas, se halló en pocos minutos en el prado donde antes se levantaba la Casita blanca. Pero la Casita blanca no estaba ya. Había, en cambio, una pequeña lápida de mármol sobre la cual se leían, en caracteres impresos, estas dolorosas palabras:

«Aquí yace la Niña de los Cabellos Azules, muerta de dolor por haber sido abandonada por su hermanito Pinocho.»

Cuando hubo deletreado estas palabras cayó de bruces en tierra y cubriendo de besos aquel mármol prorrumpió en una gran explosión de llanto. Lloró toda la noche, y a la mañana siguiente seguía llorando. En los ojos no tenía ya lágrimas, pero sus gritos y sus lamentos eran tan desgarradores y agudos, que todas las colinas del contorno repetían el eco.

–¡Oh, Hadita mía! –decía llorando–, ¿por qué te has muerto?... ¿Por qué no me he muerto yo que soy tan malo, mientras que tú eras tan buena?... ¿Y mi padre, dónde estará? ¡Oh, dime dónde puedo hallarlo, que quiero estar siempre con él y no dejarlo nunca, nunca! ... ¡Oh, Hadita mía, dime que no es verdad que estás muerta!... ¡Si de veras me quieres..., si quieres a tu hermanito, revive..., vuelve a estar viva como antes!... ¿No te da pena el verme solo y abandonado por todos?... Si vienen los asesinos, me colgarán de nuevo del árbol... y entonces moriré definitivamente. ¿Qué quieres que yo haga aquí, solo en este mundo? Ahora que te he perdido a ti, y a mi padre, ¿quién me dará de comer? ¿Adónde iré a dormir por la noche? ¡Oh, sería mejor, cien veces mejor, que me muriese también yo! ¡Sí, quiero morir!... ¡Hi, hi, hi!...

Mientras se desesperaba de esta manera, hizo el ademán de querer arrancarse los cabellos,

pero como sus cabellos eran de madera, no pudo siquiera darse el desahogo de mesárselos.

En aquel momento pasó volando un gran palomo, quien, viéndole, le gritó:

–Dime, niño, ¿qué haces ahí abajo?

–¿No lo ves? ¡Lloro! –dijo Pinocho alzando la cabeza hacia aquella voz y frotándose los ojos con la manga de la chaqueta.

–Dime –añadió entonces el Palomo–, ¿no conoces, por casualidad, entre tus compañeros a un polichinela que se llama Pinocho?

–¿Pinocho?... ¿Has dicho Pinocho? –repitió el polichinela poniéndose súbitamente en pie–. ¡Pinocho soy yo!

Al oír esta respuesta, el Palomo descendió velozmente y se posó en tierra. Era más grande que un pavo.

–¿Conocerás, pues, también a Gepeto? –interrogó al polichinela.

–¡Que si le conozco! ¡Es mi pobre padre! ¿Te ha hablado quizá de mí? ¿Me llevas a su lado? ¿Está vivo? Contéstame, por piedad, ¿está vivo?

–Hace tres días que lo dejé en la playa.

–¿Qué hacía?

–Estaba fabricándose una barquita para atravesar el océano. Hace más de cuatro meses que el pobre hombre rueda por el mundo en tu busca; y no habiendo podido encontrarte, ahora se le ha metido en la cabeza el buscarte en los lejanos países del Nuevo Mundo.

–¿Cuánto hay de aquí a la playa? –preguntó Pinocho con gran ansiedad.

–Más de mil kilómetros.

–¿Más de mil kilómetros? ¡Oh, Palomo mío, qué hermoso sería que yo pudiera tener tus alas!...

–Si quieres venir, te llevo yo.

–¿Cómo?

–A caballo sobre mí. ¿Pesas mucho?

–¿Pesar? ¡Todo lo contrario!... Soy ligero como una pluma.

Sin añadir más, Pinocho saltó entre las alas del Palomo y, montando a horcajadas, como hacen los jinetes, exclamó muy contento:

–¡Galopa, galopa, caballito, que tengo prisa por llegar pronto!

El Palomo emprendió el vuelo y en pocos minutos tocaba las nubes. El polichinela tuvo la curiosidad de mirar hacia abajo, y quedó tan sobrecogido por el miedo y por el vértigo que se agarró estrechamente al cuello de su emplumada cabalgadura.

Volaron todo el día. Al anochecer, el Palomo dijo:

–¡Qué sed tengo!

–¡Y yo un hambre atroz! –añadió Pinocho.

–Detengámonos en este palomar unos minutos y después reanudaremos el viaje para estar mañana con el alba en la playa.

Entraron en un palomar desierto, donde había solamente un pocillo de agua y un cestito colmado de algarrobas. El polichinela nunca había podido sufrir las algarrobas; según él, le producían náuseas, le revolvían el estómago; pero aquella noche comió hasta saciarse, y cuando las hubo casi acabado se volvió al Palomo y le dijo:

–¡Nunca habría creído que las algarrobas fuesen tan buenas!

–Preciso es reconocer, niño mío –replicó el Palomo–, que el hambre no tiene caprichos.

Concluido este pequeño refrigerio, volvieron a ponerse en marcha, y ¡a volar!

A la mañana siguiente llegaron a la playa.

El Palomo dejó en tierra a Pinocho y, no queriendo siquiera soportar la molestia de que le dieran las gracias por haber hecho una buena acción, reemprendió súbitamente el vuelo y desapareció.

La playa estaba llena de gente que gritaba y gesticulaba mirando hacia el mar.

–¿Qué ha sucedido? –preguntó Pinocho a una viejecita.

–Ha sucedido que un pobre padre, habiendo perdido a su hijo, ha querido ir a buscarlo dentro de una barquita al otro lado del mar; pero hoy el mar está muy revuelto y la barquita está a punto de hundirse...

–¿Dónde está la barquita?

–Mírala allá abajo, donde apunta mi dedo –dijo la vieja, señalando una pequeña barca que, vista desde aquella distancia, parecía una cáscara de nuez con un hombre muy pequeñito dentro.

Pinocho permaneció con los ojos fijos hacia aquella parte, y después de haber mirado atentamente, lanzó un grito agudísimo diciendo:

–¡Es mi padre! ¡Es mi padre!

Entre tanto, la barquita, sacudida por las enfurecidas aguas, ya desaparecía entre las encrespadas olas, ya volvía a flotar; y Pinocho, firme sobre la punta de un alto escollo, no cesaba de llamar a su padre por su nombre y de hacerle muchas señales con las manos, con el pañuelo y hasta con el gorro que llevaba en la cabeza.

Pareció que Gepeto, aunque estaba muy lejos de la playa, reconoció a su hijo, porque se quitó el gorro él también, lo saludó y, a fuerza de gestos, le hizo comprender que habría vuelto gustoso atrás, pero el mar estaba tan picado que le impedía utilizar los remos y aproximarse a tierra.

De repente, vino una oleada terrible, y la barca desapareció. Esperaron que la barca saliese a flote, pero no volvió a aparecer.

–¡Pobre hombre! –dijeron entonces los pescadores que estaban reunidos en la playa; y murmurando a media voz una plegaria, se dispusieron a regresar a sus casas.

Mas de pronto oyeron un grito desesperado, y volviéndose atrás, vieron a un muchachito que, desde la punta de un escollo, se echaba al mar exclamando:

–¡Quiero salvar a mi padre!

Siendo de madera, Pinocho flotaba fácilmente y nadaba como un pez. Tan pronto se le veía desaparecer bajo el agua, arrastrado por el ímpetu de las olas, como reaparecía con una pierna o un brazo fuera, a grandísima distancia de la tierra. Por fin lo perdieron de vista y no le vieron más.

–¡Pobre muchacho! –dijeron entonces los pescadores que estaban reunidos en la playa; y, musitando en voz baja una oración, se volvieron a sus casas.

CAPÍTULO XXIV

Pinocho llega a la Isla de las Abejas Industriosas y vuelve a encontrar al Hada

Pinocho, animado por la esperanza de llegar a tiempo en auxilio de su pobre padre, nadó toda la noche.

¡Y qué noche tan horrible fue aquélla! Diluvió, granizó, tronó espantosamente y con tales relámpagos, que parecía de día.

Al amanecer vio una larga faja de tierra. Era una isla en medio del mar. Entonces redobló sus esfuerzos para llegar a aquella playa, pero inútilmente. Las olas lo hacían bailar como si hubiera sido una brizna de paja. Por fin y por fortuna suya, una enorme e impetuosa ola lo arrojó bruscamente contra la arena de la playa. El golpe fue tan fuerte que le crujieron todas las costillas y todas las coyunturas, pero se consoló en seguida diciendo: «¡También esta vez me he escapado de buena».

Poco a poco, el cielo se fue serenando; el sol salió con todo su esplendor y el mar se tornó manso como una balsa de aceite. El polichinela, entonces, extendió sus ropas al sol para secarlas y se puso a mirar a todos lados con el fin de ver si descubría una pequeña barca con un hombrecito dentro. Miró y miró, pero no vio más que el cielo, el mar y alguna vela, pero tan lejana que parecía una mosca.

«¡Si supiese al menos cómo se llama esta isla! –iba diciéndose–. Si supiese que esta isla está habitada por gente de bien. Pero ¿a quién podría preguntárselo? ¿A quién, si no hay nadie?»

La idea de hallarse solo en medio de aquel gran país deshabitado, le produjo tanta melancolía que estaba a punto de llorar; mas he aquí que de pronto vio pasar, a poca distancia de la orilla, a un gran pez, que se paseaba tranquilamente con toda la cabeza fuera del agua.

No sabiendo cómo llamarlo, el polichinela le gritó en alta voz, para hacerse oír:

–¡Eh, señor pez!, ¿me permitiría una palabra?

–Aunque sean dos –contestó el pez, que era un delfín muy bien educado.

–¿Haría el favor de decirme si en esta isla hay lugares donde se pueda comer, sin peligro de ser comido?

–¡Ya lo creo! –respondió el Delfín–. Precisamente encontrarás uno no muy lejos de aquí.

–¿Qué camino he de seguir para llegar a él?

–Toma el camino de tu izquierda, y sigue a tu nariz. No te puedes equivocar.

–Dígame otra cosa. Usted que pasea todo el día y toda la noche por el mar, ¿no habrá visto, por casualidad, una pequeña barquita con mi padre dentro?

–¿Quién es tu padre?

–Es el padre más bueno del mundo, como yo soy el hijo más malo que pueda haber.

–Con la borrasca de esta noche –respondió el Delfín–, la barquita se habrá hundido.

–¿Y mi padre?

–A estas horas se lo habrá tragado el terrible Tiburón que desde hace algunos días ha venido a sembrar el exterminio y la desolación en nuestras aguas.

–¿Es muy grande ese Tiburón? –preguntó Pinocho, que ya empezaba a temblar de miedo.

–¡Que si es grande!…. –replicó el Delfín–. Para que puedas hacerte una idea de cómo es, te diré que es más grande que una casa de cinco pisos, y tiene una bocaza tan ancha y profunda que por ella cabría cómodamente todo un tren con la máquina encendida.

–¡Madre mía! –exclamó espantado el polichinela; y vistiéndose de prisa y corriendo, se dirigió al Delfín y le dijo–: Hasta la vista, señor pez; perdone la molestia y mil gracias por su amabilidad.

Dicho esto, enfiló en seguida la callejuela y empezó a andar con paso ligero, tan ligero que casi parecía que corriese. Y al más pequeño rumor que oía, se volvía en seguida a mirar atrás, por el miedo de verse perseguido por aquel terrible Tiburón grande como una casa de cinco pisos y con un tren en la boca. Al cabo de media hora de camino llegó a un pequeño pueblo llamado País de las Abejas Industriosas. Las calles hormigueaban de personas que corrían de aquí para allá a sus negocios; todos trabajaban, todos tenían alguna cosa que hacer. No se encontraba un ocioso o un vagabundo ni buscándolo con un candil.

–Ya lo veo –dijo en seguida aquel perezoso de Pinocho–; ¡este país no está hecho para mí! ¡Yo no he nacido para trabajar!

Entre tanto, el hambre le atormentaba, porque ya hacía veinticuatro horas que no había comido. ¿Qué hacer? No le quedaban más que dos medios para poder desayunarse: trabajar o pedir.

El pedir limosna le avergonzaba, porque su padre le había predicado siempre que la limosna sólo tienen el derecho de pedirla los viejos y los enfermos. Los verdaderos pobres en este mundo, merecedores de asistencia y de compasión, no son otros que aquellos que por razón de la edad o de alguna enfermedad, se hallan condenados a no poder ganar el pan con sus propias manos. Todos los demás tienen la obligación de trabajar, y si no trabajan y padecen hambre, tanto peor para ellos.

Entre tanto, acertó a pasar por la calle un hombre sudoroso y jadeante, quien por sí solo tiraba con gran fatiga de dos carretones cargados de carbón. Pinocho, juzgándole un buen hombre por su fisonomía, se le acercó y, bajando los ojos de vergüenza, le dijo en voz baja:

–¿Me haríais la caridad de darme una perra, que me estoy muriendo de hambre?

–No sólo te daré una perra –respondió el carbonero–, sino unas cuantas, a condición de que me ayudes a tirar hasta mi casa de estos carretones de carbón.

–¡Me dejáis asombrado! –contestó el polichinela, casi ofendido–. Debéis saber que yo no he hecho nunca de burro de carga, ¡no he tirado nunca de ningún carretón!

–¡Mejor para ti! –dijo el carbonero–. Entonces, hijo mío, si es de veras que te sientes morir de hambre, come dos rebanadas de tu soberbia y ten cuidado de no coger una indigestión.

A los pocos minutos pasó por la calle un albañil, llevando sobre la cabeza una buena cantidad de mortero.

–Buen hombre, ¿haríais la caridad de una perra a un pobre muchacho que bosteza de hambre?

–Con mucho gusto; ayúdame a llevar el mortero –contestó el albañil–, y te daré más perras de las que me pides.

–Pero el mortero pesa –replicó Pinocho–, y no quiero cansarme.

–Si no quieres cansarte, hijo mío, diviértete bostezando, y buen provecho te haga.

En menos de media hora pasaron otras veinte personas, y a todas pidió Pinocho un poco de limosna, pero todas le contestaron: «¿No te avergüenzas? En lugar de hacer el zángano por la calle, ve más bien a buscar un poco de trabajo y aprende a ganarte el pan».

Finalmente, pasó una buena mujercita que llevaba dos cántaros de agua.

–¿Me permitirías, buena mujer, beber un sorbo de agua de vuestro cántaro? –dijo Pinocho, que se abrasaba de sed.

–¡Bebe si quieres, hijo mío! –dijo la mujercita, poniendo los dos cántaros en tierra.

Cuando Pinocho hubo saciado su sed, barbotó a media voz, enjugándose la boca:

–¡La sed ya me la he quitado! ¡Ojalá pudiese quitarme también el hambre!...

Al oír estas palabras, la buena mujercita añadió en seguida:

–Si me ayudas a llevar a casa uno de estos cántaros de agua, te daré un hermoso trozo de pan.

Pinocho miró el cántaro y no contestó ni sí ni no.

–Y además de pan, te daré un gran plato de coliflor aderezada con aceite y vinagre –añadió la buena mujer. Pinocho dio una ojeada al cántaro y no contestó ni sí ni no–. Y después de la coliflor te daré un hermoso dulce relleno de rosoli.

Seducido por esta última golosina, Pinocho no pudo resistir más y, tomando rápido una resolución, dijo:

–¡Paciencia! ¡Os llevaré el cántaro hasta casa! –El cántaro era muy pesado, y el polichinela, no teniendo fuerza para llevarlo con las manos, se resignó a llevarlo en la cabeza.

Llegados a casa, la buena mujercita hizo sentar a Pinocho a una pequeña mesa ya preparada, poniéndole delante el pan, la coliflor aderezada y el dulce. Pinocho no comió, sino que devoró. Su estómago parecía un cuarto vacío y deshabitado desde hacía cinco meses.

Después de haber calmado poco a poco los aguijones rabiosos del hambre, levantó la cabeza para dar las gracias a su bienhechora; pero no había hecho más que fijar los ojos en su rostro, cuando dejó escapar un larguísimo ¡oooh!... de maravilla y se quedó allí encantado, con los ojos muy abiertos, el tenedor en el aire y la boca llena de pan y de coliflor.

–¿Qué es lo que te produce tanta admiración? –dijo riendo la buena mujer.

–¡Es que... –contestó tartamudeando Pinocho–, es que... es que... que os asemejáis... me recordáis.... sí, sí, sí, la misma voz..., los mismos ojos..., los mismos cabellos...., sí, sí, sí..., también vos tenéis los cabellos azules... como ella! ¡Oh mi pequeña Hada!... ¡Oh mi pequeña Hada!... ¡Decidme que sois vos, verdaderamente vos!... ¡No me hagáis llorar más! ¡Si supieseis!... ¡He llorado tanto, he sufrido tanto!...

Diciendo así, Pinocho lloraba a lágrima viva, y arrodillándose, abrazaba las piernas de aquella mujercita misteriosa.

CAPÍTULO XXV

Pinocho promete al Hada ser bueno y estudiar, porque está cansado
de hacer el polichinela y quiere convertirse en un chico de provecho

Al principio, la buena mujercita empezó a decir que ella no era la pequeña Hada de los Cabellos Azules; pero luego, viéndose ya descubierta y no queriendo prolongar la comedia, terminó dándose a conocer, y dijo a Pinocho:

—¡Diablo de polichinela! ¿Cómo has descubierto que era yo? Dime.

—Es el gran cariño que os tengo el que me lo ha dicho.

—¿Te acuerdas? Me dejaste niña y ahora me encuentras convertida en mujer; tan mujer que casi podría hacerte de madre.

—Me alegro mucho, porque así, en vez de hermanita, os llamaré madre. ¡Hace tanto tiempo que me consumo por tener una madre como todos los otros muchachos!… Pero ¿cómo habéis hecho para crecer tan de prisa?

—Es un secreto.

—Decídmelo; quisiera crecer un poco también yo. ¿No lo veis? Me he quedado siempre enclenque.

—Pero tú no puedes crecer —replicó el Hada.

—¿Por qué?

—Porque los polichinelas no crecen nunca. Nacen polichinelas, viven polichinelas y mueren polichinelas.

—¡Oh! ¡Estoy harto de hacer siempre el polichinela! —exclamó Pinocho dándose un pescozón—. Sería ya hora de que me transformase en un hombre como todos los demás.

—Así será si sabes merecerlo…

—¿De verdad? ¿Qué puedo hacer para merecerlo?

—Una cosa facilísima: acostumbrarte a ser un buen muchachito.

—¿Es que no lo soy?

—¡Todo lo contrario! Los chicos buenos son obedientes; tú, en cambio…

—Yo no obedezco nunca.

—Los chicos buenos tienen amor al estudio y al trabajo, y tú…

—Yo, en cambio, hago el zángano y el vagabundo todo el año.

—Los chicos buenos dicen siempre la verdad…

–Y yo siempre digo mentiras.

–Los chicos buenos van por su propia voluntad a la escuela.

–A mí la escuela me hace venir todos los males. Pero de hoy en adelante quiero cambiar de vida.

–¿Me lo prometes?

–Lo prometo. Quiero ser un muchachito bueno también yo, y ser el consuelo de mi padre... ¿Dónde estará mi pobre padre a estas horas?

–No lo sé.

–¿Tendré por fin la suerte de volverlo a ver y abrazarlo?

–Creo que sí; mejor dicho, estoy segura.

Al oír esta respuesta, fue tan grande el júbilo de Pinocho que, cogiendo las manos del Hada, comenzó a besárselas con tanta impetuosidad que parecía casi fuera de sí. Después, alzando la cara y mirándola amorosamente, le preguntó:

–Dime, mamita: ¿no es, pues, verdad que tú estés muerta?

–Me parece que no –respondió sonriendo el Hada.

–Si tú supieras qué dolor y qué nudo en la garganta tuve cuando leí «Aquí yace...».

–Lo sé; y por eso te he perdonado. La sinceridad de tu dolor me hizo conocer que tenías buen corazón; y de los chicos de buen corazón, aunque sean un poco traviesos y estén mal

acostumbrados, se puede esperar siempre algo bueno; o sea, se puede siempre esperar que vayan por el camino recto. Ahora ya sabes por qué he venido a buscarte hasta aquí. Yo seré tu madre.

—¡Oh, qué cosa tan hermosa! —exclamó Pinocho brincando de alegría.

—Me obedecerás y harás siempre lo que yo te ordene.

—¡Muy a gusto, muy a gusto, muy a gusto!

—Desde mañana —añadió el Hada— empezarás a ir a la escuela.

Pinocho se tornó en seguida menos alegre.

—Después elegirás a tu gusto un arte o un oficio...

Pinocho se puso serio.

—¿Qué es lo que murmuras entre dientes? —preguntó el Hada con acento resentido.

—Decía... —gruñó el polichinela a media voz—, que para ir a la escuela me parece ya un poco tarde.

—No, señor. Ten presente que para instruirse y para aprender nunca es tarde.

—Pero yo no quiero estudiar ningún arte ni ningún oficio…

—¿Por qué?

—Porque el trabajo me cansa.

—Hijo mío —dijo el Hada—, todos los que hablan así terminan casi siempre en la cárcel o en el hospital. El hombre, para que lo sepas, nazca rico o pobre, está obligado a hacer algo en este mundo, a estudiar, a trabajar. ¡Ay de los que se dejan llevar de la ociosidad! El ocio es una enfermedad feísima y es preciso curarla rápidamente, desde niños; si no, cuando somos mayores, ya no se cura.

Estas palabras hicieron mella en el ánimo de Pinocho; quien, levantando vivamente la cabeza, dijo al Hada:

—Yo estudiaré, trabajaré, haré todo lo que me digáis, porque, en suma, la vida de polichinela me resulta enojosa, y quiero ser un muchacho a toda costa. Me lo habéis prometido, ¿verdad?

—Te lo he prometido, y ahora depende de ti.

CAPÍTULO XXVI

Pinocho va con sus compañeros de colegio a la orilla del mar
para ver al terrible Tiburón

 Al día siguiente, Pinocho fue a la escuela municipal. ¡Imaginaos a aquellos diablos de chicos cuando vieron en su escuela a un polichinela! Prorrumpieron en una risotada que no acababa nunca. Quién le hacía una broma, quién otra; éste le quitaba el gorro de la mano; aquél le estiraba la casaquilla; alguno intentaba pintarle dos grandes bigotes bajo la nariz, y otro hasta se atrevía a atarle cordeles a los pies y a las manos, para hacerle bailar.

Durante un rato Pinocho no hizo caso de estas cosas; pero por fin, perdiendo la paciencia, se dirigió a los que más le molestaban y se burlaban de él, y les dijo con gesto duro:

–Cuidado, muchachos, que yo no he venido aquí para ser vuestro bufón. Yo respeto a los demás y quiero ser respetado.

–¡Muy bien, diablejo! ¡Has hablado como un libro! –gritaron aquellos pícaros, desternillándose de risa.

Y uno de ellos, más impertinente que los otros, alargó la mano con la intención de coger al polichinela por la punta de la nariz. Pero no llegó a tiempo, porque Pinocho extendió la pierna por debajo de la mesa y le dio un puntapié en las canillas.

–¡Oh, qué pies más duros! –gritó el chiquillo frotándose el cardenal que le había hecho el polichinela.

–¡Y qué codos!... ¡Son todavía más duros que los pies! –dijo otro que, por sus bromas groseras, se había merecido un codazo en el estómago.

El hecho es que después de aquel puntapié y de aquel codazo, Pinocho se ganó inmediatamente la estimación y la simpatía de todos los chicos de la escuela, y todos le hacían mil caricias y le querían con toda el alma. También el maestro estaba satisfecho, porque lo veía atento, estudioso, inteligente, siempre el primero en entrar en la escuela, siempre el último en abandonarla cuando la clase había terminado.

El único defecto que tenía era el de frecuentar demasiados compañeros, entre los cuales había muchos pilluelos conocidísimos por sus pocas ganas de estudiar y de comportarse bien.

El maestro se lo advertía todos los días y la buena Hada no dejaba de decírselo y repetírselo muchas veces:

–¡Cuidado, Pinocho! Esos compañeros tuyos de escuela acabarán, tarde o temprano, por hacerte perder el amor al estudio, o quizá por acarrearte alguna gran desgracia.

–¡No hay peligro! –respondía el polichinela encogiéndose de hombros y tocándose con el índice en medio de la frente, como diciendo: «¡Hay tanto juicio aquí dentro!».

Sin embargo, un buen día, encaminándose a la escuela, se encontró con una colección de sus habituales compañeros, que yendo a su encuentro le dijeron:

–¿Sabes la gran noticia?

–No.

–Aquí, cerca del mar, ha llegado un tiburón grande como una montaña.

–¿De veras?... ¿No será el mismo Tiburón de cuando se ahogó mi pobre padre?

–Nosotros vamos a la playa para verlo. ¿Vienes también tú, Pinocho?

–No; yo quiero ir a la escuela.

–¿Qué te importa la escuela? A la escuela iremos mañana. Por una lección más o menos, siempre seremos igual de borricos.

–¿Qué dirá el maestro?

–Que diga lo que quiera. Está pagado precisamente para gruñir todo el día.

–¿Y mi madre?...

–Las madres no saben nunca nada –respondieron aquellos diablos.

–¿Sabéis qué haré? –dijo Pinocho–. Al Tiburón lo quiero ver por ciertas razones que tengo…, pero iré a verlo después de la escuela.

–¡Pobre tonto! –rebatió uno de la pandilla–. ¿Crees que un pez de ese tamaño se quedará allí esperándote? En cuanto se aburre un poco, toma otra dirección, y entonces si lo has visto, bien, y si no, también.

–¿Cuánto tiempo se tarda en ir a la playa? –preguntó el polichinela.

–En una hora vamos y volvemos.

–Pues entonces, vamos, y el que corra más es más valiente –gritó Pinocho.

Dando así la señal de partida, aquel tropel de pilluelos, con sus libros y sus cuadernos bajo el brazo, se pusieron a correr a campo traviesa; y Pinocho iba siempre delante; parecía que tuviese alas en los pies.

De cuando en cuando se volvía, burlándose de sus compañeros que quedaban rezagados a gran distancia, y viéndolos sudorosos, jadeantes, polvorientos y con un palmo de lengua fuera, se reía de buena gana. El desdichado ignoraba en aquel momento que iba al encuentro de tremendos espantos y horribles desgracias.

CAPÍTULO XXVII

Gran combate entre Pinocho y sus compañeros, uno de los cuales
queda herido, y Pinocho es arrestado por los gendarmes

Llegado a la playa, Pinocho echó en seguida una ojeada al mar, pero no vio ningún tiburón. El mar estaba liso como un espejo.

–¿Dónde está el tiburón? –preguntó, volviéndose a sus compañeros.

–Habrá ido a comer –respondió uno de ellos, riendo.

–O se habrá acostado para echar un sueñecito –respondió otro, riendo más.

Por aquellas caprichosas respuestas y risotadas estúpidas, comprendió Pinocho que sus compañeros le habían jugado una mala partida, engañándole del modo más miserable, y sintiéndose ofendido, les dijo con voz colérica:

–Bueno, ¿qué gusto habéis encontrado en hacerme creer la historia del Tiburón?

–¡Hemos conseguido lo que queríamos!... –contestaron a coro aquellos pilluelos.

–¿Y es...?

–Te hemos impedido ir a la escuela y hecho venir con nosotros. ¿No te avergüenzas de ser todos los días tan exacto y diligente en las lecciones? ¿No te avergüenzas de estudiar tanto como estudias?

–¿Qué os importa a vosotros si yo estudio?

–Nos importa muchísimo, porque con tu proceder nos obligas a hacer un feo papel ante el maestro...

–¿Por qué?

–Porque los alumnos que estudian ponen en evidencia a los que, como nosotros, no tienen ganas de estudiar. ¡Y no queremos parecer desaplicados! ¡También nosotros tenemos nuestro amor propio!...

–Entonces, ¿qué debo hacer para contentaros?

–Deben fastidiarte también a ti la escuela, las lecciones y el maestro, que son nuestros tres grandes enemigos.

–¿Y si quisiera seguir estudiando?

–No te miraremos más a la cara, y a la primera ocasión nos las pagarás...

–La verdad, casi me hacéis reír –dijo el polichinela moviendo la cabeza.

–¡Eh, Pinocho! –gritó entonces el mayor de aquellos chicos, plantándole cara–. ¡No vengas aquí a hacer el fanfarrón, ni gallees tanto!…, porque si tú no nos tienes miedo, nosotros tampoco te lo tenemos. Recuerda que tú estás solo y nosotros somos siete.

–Siete, como los pecados capitales –dijo Pinocho con una gran risotada.

–¿Habéis oído? ¡Nos ha insultado! ¡Nos ha llamado con el nombre de los pecados capitales!…

–¡Pinocho!, pide perdón por la ofensa…; si no, ¡ay de ti!…

–¡Cucú! –hizo el polichinela, golpeándose con el índice la punta de la nariz en son de burla.

–¡Pinocho, acabarás mal!…

–¡Cucú!

–¡Recibirás más palos que un burro!…

–¡Cucú!

–¡Volverás a tu casa con la nariz rota!…

–¡Cucú!

–¡Ya te daré yo el cucú! –gritó el más atrevido de aquellos pilluelos–. Toma a cuenta este anticipo y guárdalo para la cena de esta noche.

Y así diciendo, le asestó un puñetazo en la cabeza.

Fue, como suele decirse, sembrar y recoger, porque el polichinela, como era de esperar, replicó con otro puñetazo, y en un momento el combate se hizo general y encarnizado.

Pinocho, aunque estaba solo, se defendía como un héroe. Con sus pies de durísima madera actuaba tan bien que mantenía a sus amigos a respetuosa distancia. Allí donde ponía los pies quedaba siempre un cardenal como recuerdo.

Los chicos, despechados entonces por no poder medirse con el polichinela cuerpo a cuerpo, pensaron en echar mano de los proyectiles, y soltando sus paquetes de libros, empezaron a arrojarle los Silabarios, las Gramáticas, las Aritméticas, los Juanitos y otros libros de escuela; pero el polichinela, que tenía mucha vista y era muy sagaz, esquivaba los golpes a tiempo, de modo que los libros, pasándole por encima de la cabeza, iban a parar siempre al mar.

¡Imaginaos los peces! Creyendo que aquellos libros eran comida, acudían en bandadas a flor de agua; pero despés de haber picado alguna página o alguna cubierta, escupían el trozo en seguida haciendo con la boca cierta mueca, como si quisieran decir: «No es comida para nosotros; nosotros estamos acostumbrados a alimentarnos mejor».

Entre tanto, la lucha arreciaba cada vez más, cuando, de pronto, un cangrejo que había salido fuera del agua y poco a poco había llegado hasta la playa, gritó con un vozarrón de trombón resfriado:

–¡Acabad ya de una vez, pilluelos, que no sois más que unos pilluelos! Estas peleas entre chicos raramente terminan bien. ¡Siempre sucede alguna desgracia!…

¡Pobre Cangrejo! Fue lo mismo que si hubiese sermoneado al viento. Hasta aquel demonio de Pinocho, volviéndose a mirarlo con el ceño fruncido, le dijo groseramente:

–¡Cállate, Cangrejo entrometido! Mejor harías en chupar dos pastillas de liquen para curarte ese enfriamiento de garganta. ¡Acuéstate en seguida y procura sudar!

Mientras tanto, los chicos, que ya habían tirado todos sus libros, distinguieron a poca distancia el paquete de libros del polichinela, del que se apoderaron en un instante.

Entre estos libros había un volumen encuadernado con un grueso cartón, con el lomo y los cantos de pergamino. Era un Tratado de Aritmética. ¡Os dejo imaginar lo pesado que resultaba!

Uno de aquellos pillos cogió aquel volumen y, apuntando a la cabeza de Pinocho, lo lanzó con toda la fuerza de su brazo, mas en lugar de dar al polichinela, dio en la cabeza de uno de sus compañeros, el cual se volvió blanco como una prenda de la colada y no dijo más que estas palabras:

—¡Oh, madre mía, socórreme…, porque me muero!

Después cayó cuan largo era sobre la arena de la playa.

A la vista de aquella desgracia, los muchachos, espantados, echaron a correr con toda la velocidad de sus piernas, y en pocos minutos desaparecieron.

Pero Pinocho permaneció allí, y aunque, por el dolor y por el miedo, también él estaba más muerto que vivo, corrió a empapar su pañuelito en el mar y se puso a bañar las sienes de su pobre compañero de escuela. Y mientras lloraba a lágrima viva, desesperado, lo llamaba por su nombre y le decía:

—¡Eugenio!… ¡Pobre Eugenio mío!… ¡Abre los ojos y mírame!… ¿Por qué no me contestas? ¡No he sido yo, ¿sabes?, el que te ha hecho tanto daño! ¡Créelo, no he sido yo!… Abre los ojos, Eugenio… Si sigues con los ojos cerrados me harás morir a mí también… ¡Oh, Dios mío! ¿Cómo haré para volver a casa?… ¿Con qué valor podré presentarme a mi buena madre? ¿Qué será de mí?… ¿Adónde huiré?… ¿Adónde iré a esconderme?… ¡Oh, cuánto mejor hubiera sido, mil veces mejor, haber ido a la escuela!… ¿Por qué he escuchado a estos compañeros que son mi perdición?… ¡Ya me lo había dicho el maestro!…, y mi madre me lo había repetido: «¡Guárdate de los malos compañeros!». Mas yo soy un tozudo…, un porfiado…; dejo que todos me aconsejen y después hago lo que se me antoja. Luego, me toca sufrir las consecuencias… Y así, desde que estoy en el mundo, no he tenido un cuarto de hora de sosiego. ¡Dios mío!, ¿qué será de mí, qué será de mí, qué será de mí?…

Y Pinocho continuaba llorando, gritando, dándose de puñetazos en la cabeza, llamando por su nombre al pobre Eugenio, cuando de repente oyó un sordo rumor de pasos que se aproximaban.

Se volvió; eran dos gendarmes.

—¿Qué haces ahí echado en tierra? —preguntaron a Pinocho.

—Asisto a este compañero de escuela.

—¿Se ha desmayado?

—¡Parece que sí!

—¡Más que desmayado! —dijo uno de los gendarmes, inclinándose y observando a Eugenio de cerca—. Este muchacho ha sido herido en una sien. ¿Quién lo ha herido?

—Yo no —tartamudeó el polichinela, que no tenía ya sangre en el cuerpo.

—¿Si no has sido tú, quién lo ha herido?

—Yo no —repitió Pinocho.

—¿Con qué ha sido herido?

—Con este libro.

Y el polichinela recogió del suelo el Tratado de Aritmética, encuadernado con cartón y pergamino, para mostrarlo al gendarme.

–¿De quién es este libro?

–Mío.

–Basta ya; no necesitamos saber más. Levántate en seguida y ven con nosotros.

–Pero yo...

–¡Ven con nosotros!

–Pero yo soy inocente...

–¡Ven con nosotros!

Antes de marcharse, los gendarmes llamaron a algunos pescadores que en aquel momento pasaban precisamente con su barca cerca de la playa y les dijeron:

–Os confiamos a este muchachito herido en la cabeza. Llevadlo a vuestra casa y asistidlo. Mañana vendremos a verlo.

Después volviéronse a Pinocho y, poniéndolo entre los dos, le intimaron con acento soldadesco:

–¡Adelante, y camina ligero; si no, peor para ti!

Sin hacérselo repetir, el polichinela echó a andar por aquella callejuela que conducía al pueblo. Pero el pobre diablo no sabía ya ni siquiera en qué mundo estaba. Le parecía que soñaba, y ¡qué sueño más feo! Estaba fuera de sí. Sus ojos lo veían todo doble; las piernas le temblaban; la lengua se le había quedado pegada al paladar y no podía articular ni una sola palabra. Y sin embargo, en medio de aquella especie de estupidez y de atontamiento que lo embargaba, una espina agudísima le laceraba el corazón; esto es, el pensamiento de tener que pasar bajo las ventanas de la casa de su buena Hada en medio de los gendarmes.

Hubiera preferido morir antes que pasar por aquel sitio.

Habían llegado ya y estaban a punto de entrar en el pueblo, cuando una ráfaga de fuerte viento se llevó el gorro de Pinocho, yendo a caer unos diez pasos más allá.

–¿Me permitís –dijo el polichinela a los gendarmes– que vaya a recoger mi sombrero?

–Sí, pero ¡aprisa!

El polichinela fue, recogió el gorro..., pero en vez de encasquetárselo, se lo puso en la boca, aferrándolo con los dientes, y echó a correr como una tromba hacia la playa. Parecía una bala de fusil.

Los gendarmes, juzgando cosa difícil alcanzarlo, le azuzaron detrás un gran mastín que había ganado el primer premio en todas las carreras de perros. Pinocho corría, y el perro corría más que él, por lo cual toda la gente se asomaba a las ventanas y se agolpaba en medio de la calle, ansiosa de ver el final de aquella carrera feroz. Pero no se pudieron dar ese gusto, porque el mastín y Pinocho levantaron tal polvareda a lo largo del camino, que a los pocos minutos no podía distinguirse nada.

CAPÍTULO XXVIII

Pinocho corre el peligro de ser frito en la sartén como un pescado

Durante aquella desesperada carrera hubo un momento terrible, un momento en el cual Pinocho se creyó perdido; porque habéis de saber que Alidoro (éste era el nombre del perro), a fuerza de correr y más correr, casi lo había alcanzado.

Baste decir que el polichinela sentía a sus espaldas, a la distancia de un palmo, el jadear afanoso de aquel animal y hasta el cálido aliento de su respiración.

Por fortuna, la playa estaba ya cerca y el mar se veía a pocos pasos.

Tan pronto llegó a la playa, el polichinela pegó un estupendo salto, tal como hubiera podido hacerlo una rana, yendo a caer en medio del agua. Alidoro, en cambio, quiso detenerse; pero no pudiendo frenar, por el ímpetu de la carrera, fue a parar al agua también. El desgraciado no sabía nadar, por lo que empezó a mover las patas en todas las direcciones para mantenerse a flote, pero cuanto más las movía, más se le hundía la cabeza bajo el agua.

Cuando volvió a sacar fuera la cabeza, el pobre perro tenía los ojos extraviados por el miedo, y, ladrando, gritaba:

—¡Me ahogo! ¡Me ahogo!

—¡Revienta! –le respondió Pinocho desde lejos, el cual se veía ahora ya libre de todo peligro.

—¡Ayúdame, Pinochito mío!... ¡Sálvame de la muerte!...

Al oír aquellos gritos desgarradores, el polichinela, que en el fondo tenía un corazón excelente, movido a compasión, se dirigió al perro y le dijo:

—Si te ayudo a salvarte ¿me prometes no molestarme más y no perseguirme?

—¡Te lo prometo! ¡Te lo prometo! Date prisa, por piedad, porque si pierdes medio minuto más, me ahogaré.

Pinocho vaciló un poco; pero después, recordando que su padre le había dicho muchas veces que por hacer una buena acción no se pierde nada, fue derecho a alcanzar a Alidoro, y, cogiéndolo por la cola con las dos manos, lo llevó sano y salvo sobre la seca arena de la playa...

El pobre perro no podía sostenerse en pie. Había bebido, sin querer, tanta agua salada, que estaba hinchado como un globo. Por otra parte, el polichinela, no queriendo fiarse demasiado de él, estimó prudente echarse de nuevo al agua, y alejándose de la playa gritó al amigo salvado:

—Adiós, Alidoro; que tengas buen viaje y muchos saludos en casa.

—Adiós, Pinochito —contestó el perro—; mil gracias por haberme salvado de la muerte. Me has hecho un gran servicio, y en este mundo el que siembra recoge. Si se presenta la ocasión, hablaremos de ello.

Pinocho continuó nadando, sosteniéndose siempre cerca de la costa. Finalmente, le pareció haber llegado a un lugar seguro, y dando una ojeada a la playa, vio sobre los escollos una especie de gruta de la cual salía un larguísimo penacho de humo.

—En aquella gruta —dijo entonces para sí— debe de haber fuego. ¡Tanto mejor! Iré a secarme y calentarme, y luego... luego ya veremos.

Tomada esta resolución, se aproximó a las rocas; pero cuando estaba a punto de trepar sintió algo debajo del agua que subía, subía y lo llevaba por el aire. Intentó huir en seguida, pero ya era tarde, porque, con gran asombro suyo, se halló aprisionado dentro de una red en medio de un hormiguero de peces de todas formas y tamaños, que coleaban y se debatían desesperadamente.

Al mismo tiempo, vio salir de la gruta a un pescador tan feo, pero tan feo, que parecía un monstruo marino. En lugar de cabellos, tenía en la cabeza una mata espesísima de hierba verde; verde era la piel de su cuerpo, verdes sus ojos, verde la barba larguísima, que le llegaba casi hasta los pies. Parecía un gran lagarto erguido sobre sus patas traseras.

Cuando el pescador hubo sacado la red del agua, exclamó:

—¡Providencia bendita! También hoy me podré dar un buen atracón de pescado.

—¡Menos mal que yo no soy un pez! —dijo Pinocho para sí, animándose un poco.

La red llena de peces fue metida dentro de la gruta, una gruta oscura y ahumada, en medio de la cual hervía una gran sartén de aceite que despedía un olorcito de sebo que ahogaba.

—¡Veamos ahora qué peces hemos pescado! —dijo el pescador verde; y metiendo en la red una manaza tan desproporcionada que parecía una pala de hornero, sacó un puñado de salmonetes.

—¡Hermosos salmonetes! —dijo, mirándolos y oliéndolos con placer. Y después de haberlos olido, los arrojó a un barreño sin agua.

Después repitió varias veces la misma operación; y a medida que iba sacando los otros peces, se le iba haciendo la boca agua y, regodeándose, decía:

—¡Qué pescadillas más buenas!... ¡Qué lisas más exquisitas!... ¡Qué lenguados más deliciosos!... ¡Qué excelentes son estas arañas!... ¡Qué sabrosas estas anchoas!...

Ya os imaginaréis que las pescadillas, las lisas, los lenguados, las arañas y las anchoas fueron todos a parar, en confuso tropel, al barreño, a hacer compañía a los salmonetes. El último que quedó en la red fue Pinocho. Tan pronto como el pescador lo extrajo de ella y lo vio, se le desencajaron sus verdes ojazos, exclamando casi empavorecido:

—¿De qué raza será este pez? ¡No me acuerdo de haber comido nunca pescados como éste!

Y volvió a mirarlo atentamente, y, después de haberlo mirado muy bien por todos lados, acabó diciendo:

—Ya lo entiendo; debe de ser un cangrejo de mar.

Entonces Pinocho, mortificado por verse confundido con un cangrejo, dijo con acento resentido:

–¡Qué cangrejo ni qué ocho cuartos! ¡Cuidado con el modo de tratarme! Para que vuesa merced lo sepa, soy un polichinela.

–¿Un polichinela? –replicó el pescador–. ¡Oh, qué bien! El pez polichinela es para mí un pez nuevo; te comeré más a gusto.

–¿Comerme? ¿Pero no quiere vuesa merced comprender que yo no soy un pez? ¿O es que no advierte que hablo y razono como vuesa merced?

–Es mucha verdad –añadió el pescador–, y como quiera que eres un pez que tiene la fortuna de hablar y razonar como yo, quiero tenerte los debidos respetos.

–¿Qué respetos son ésos?...

–En señal de amistad y de estima particular, te dejaré a ti que elijas de qué manera quieres ser cocinado. ¿Quieres ser frito en la sartén, o bien prefieres ser cocido en la cazuela con salsa de tomate?

–A decir verdad, si tengo que elegir, preferiría que me diese vuesa merced libertad para poder volver a mi casa.

–¡Tú bromeas! ¿Te imaginas que voy a perder la ocasión de probar un pescado tan raro? No es corriente ver aparecer en estos mares un pez polichinela. Déjame hacer; te freiré en la sartén con los otros pescados, y estarás contento. El ser frito en compañía es siempre un consuelo.

El infeliz Pinocho, al oír esta salida, empezó a llorar, a gritar, a implorar, y, llorando, decía:

–¡Cuánto mejor habría sido que hubiese ido a la escuela!... ¡He querido hacer caso de mis compañeros y ahora lo pago!... ¡Hi… hi… hi…hi…!

Al ver que se removía como una anguila y hacía esfuerzos increíbles con objeto de librarse de sus garras, el pescador cogió una varita de junco y, después de atarle las manos y los pies como si fuese un salchichón, lo tiró al fondo del barreño con los demás pescados.

Luego, sacando una gran fuente de madera, llena de harina, se puso a enharinarlos; y a medida que los iba enharinando los ponía a freír en la sartén.

Las primeras en danzar sobre el aceite hirviendo fueron las pobres pescadillas; después tocó el turno a las arañas; luego, a las lisas; luego, a los lenguados y a las anchoas, y por último a Pinocho, quien al verse tan próximo a la muerte (¡y qué muerte más fea!) fue presa de tal temblor y de tal miedo, que no tenía ya voz ni aliento para pedir misericordia.

¡El pobrecito sólo imploraba gracia con los ojos! Pero el pescador verde, sin prestarle atención siquiera, lo metió en harina cinco o seis veces, enharinándolo tan bien de pies a cabeza que parecía un polichinela de yeso.

Después lo cogió por la cabeza, y...

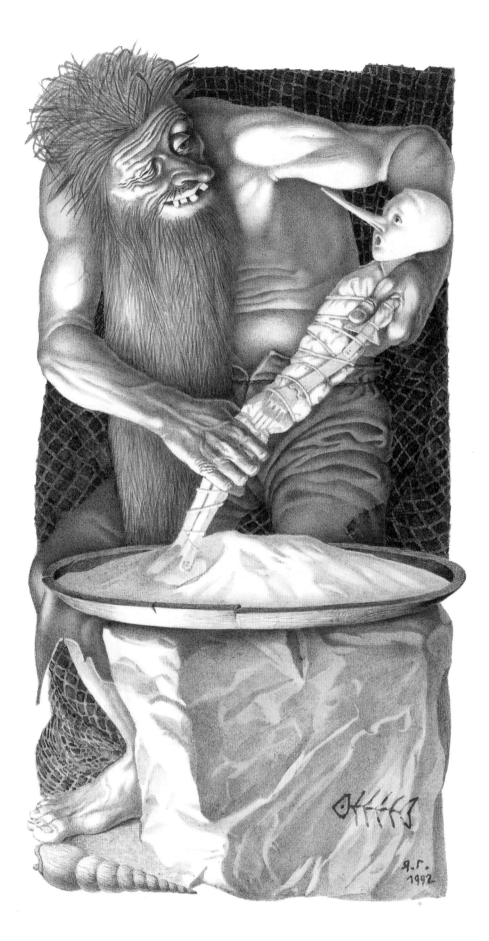

CAPÍTULO XXIX

Regresa a casa del Hada, la cual le promete que al día siguiente ya no será un polichinela, sino un muchacho. Le prepara un rico desayuno de café con leche para celebrar tan gran acontecimiento

Cuando el pescador estaba precisamente a punto de echar a Pinocho en la sartén, entró en la gruta un gran perro que había sido guiado hasta allí por el fortísimo y apetitoso olor de la fritura.

–¡Vete de aquí! –le gritó el pescador, amenazándolo y teniendo siempre en la mano al polichinela enharinado.

Pero el pobre perro, que tenía hambre por cuatro, aullando y meneando la cola parecía que dijese: «Dame un bocado de fritura y te dejo en paz».

–¡Vete, te digo! –le repitió el pescador; y alargó la pierna para darle una patada.

Entonces el perro, que cuando tenía hambre de veras sabía sacudirse las moscas de la nariz, se revolvió furioso contra el pescador, mostrándole sus terribles colmillos.

En aquel momento se oyó en la gruta una vocecita muy débil que decía:

–¡Sálvame, Alidoro! ¡Si no me salvas, me fríen!...

El perro reconoció en seguida la voz de Pinocho y, con gran asombro suyo, se percató de que la vocecita había salido de aquel bulto enharinado que tenía en la mano el pescador.

¿Qué hace entonces? Pega un gran salto, coge con la boca aquella masa enharinada y sosteniéndola ligeramente con los dientes, sale corriendo de la gruta huyendo como un relámpago.

El pescador, furiosísimo al ver que se le iba de las manos un pescado que él se habría comido tan a gusto, intentó perseguir al perro, pero a los pocos pasos le vino un golpe de tos y tuvo que volverse atrás.

Entre tanto, Alidoro, una vez encontrada la callejuela que conducía al pueblo, se paró y puso delicadamente en tierra el amigo Pinocho.

–¡Cuán agradecido te estoy! –dijo el polichinela.

–No hay de qué –replicó el perro–; tú me salvaste a mí, y las deudas se pagan. Ya se sabe: en este mundo nos tenemos que ayudar los unos a los otros.

–Pero ¿cómo fuiste a parar a aquella gruta? –le preguntó Pinocho.

–Estaba aún tendido en la playa, más muerto que vivo, cuando el viento trajo hasta mí, de lejos, un olorcito de fritura. Aquel olorcito me aguijoneó el hambre y me fui detrás de él. ¡Si llego a tardar un minuto más!...

–¡No me lo digas! –gritó Pinocho, que temblaba todavía de miedo–. ¡No me lo digas! Si tardas en llegar un minuto más, a estas horas yo estaría ya frito, comido y digerido. ¡Brrr!... ¡Me estremezco sólo de pensarlo!...

Alidoro, riendo, tendió la pata derecha al polichinela, quien se la estrechó fuertemente en señal de gran amistad; después, se separaron.

El perro emprendió el camino de su casa, y Pinocho, una vez solo, se fue a una cabaña poco distante de allí y preguntó a un viejecito que estaba en la puerta tomando el sol:

–Decidme, buen hombre, ¿sabéis algo de un pobre chico herido en la cabeza que se llamaba Eugenio?...

–Lo trajeron a esta cabaña algunos pescadores, y ahora...

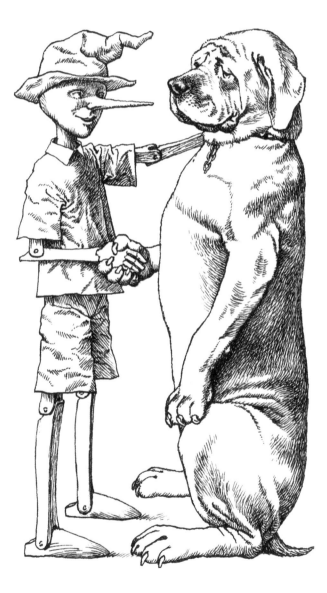

—¡Ahora estará muerto!... –interrumpió Pinocho con gran dolor.

—No; está vivo, y ya ha regresado a su casa.

—¿De veras, de veras? –exclamó el polichinela, saltando de alegría–. ¿Entonces la herida no era grave?...

—No, pero podía haber sido gravísima y hasta mortal –contestó el viejecito–, porque le tiraron a la cabeza un libro muy grueso encuadernado en cartón.

—¿Quién se lo tiró?

—Un compañero de escuela; un tal Pinocho...

—¿Quién es ese Pinocho? –preguntó el polichinela haciéndose el inocente.

—Dicen que es un aturdido, un vagabundo, un verdadero golfo...

—¡Calumnias! ¡Todo calumnias!

—¿Conoces tú a Pinocho?

—¡De vista! –contestó el polichinela.

—¿Qué concepto tienes de él? –preguntó el viejecito.

—A mí me parece un chico muy bueno, con muchas ganas de estudiar, obediente, amante de su padre y de su familia...

Mientras el polichinela desgranaba con tanta frescura estas mentiras, se tocó la nariz y advirtió que se le había alargado más de un palmo. Entonces, muy asustado, empezó a gritar:

—No hagáis caso, buen hombre, de todo lo que os he contado; porque conozco muy bien a Pinocho y puedo aseguraros también yo que realmente es un alocado, un desobediente y un perezoso, que en lugar de ir a la escuela se va con los compañeros a hacer de las suyas.

Tan pronto como pronunció estas palabras, su nariz se acortó hasta el tamaño natural, como estaba antes.

—¿Por qué vas tan enharinado? –le preguntó de repente el viejecito.

—Os diré: sin darme cuenta me he arrimado a un muro que estaba recién blanqueado –contestó el polichinela, avergonzándose de confesar que lo habían enharinado como a un pez para freírlo después en la sartén.

—¿Y dónde están tu chaqueta, tus calzones y tu gorro?

—Me he encontrado con los ladrones y me los han quitado. Decidme, buen viejo, ¿no tendríais por casualidad algo con que vestirme, sólo para poder volver a mi casa?

—Hijo mío, en cuestión de vestidos no tengo más que un pequeño saco, donde guardo los altramuces. Si lo quieres, cógelo; allí está.

Pinocho no se lo hizo decir dos veces; cogió inmediatamente el saquito de los altramuces, que estaba vacío, y después de haber hecho con las tijeras un pequeño agujero en el fondo y otro en cada uno de los lados, se lo puso como si fuera una camisa. Así vestido, se encaminó al pueblo.

Pero, mientras andaba, no se sentía nada tranquilo; tanto es así que daba un paso adelante y otro atrás, y, discurriendo en su interior, iba diciéndose:

—¿Cómo haré para presentarme ante mi buena Hada? ¿Qué dirá cuando me vea?... ¿Querrá perdonarme esta segunda diablura?... ¡Me apuesto algo a que no me lo perdona!... ¡Oh!, seguro que no. ¡Y me estaría bien, porque soy un pilluelo que siempre prometo corregirme y no lo cumplo nunca!...

Ya de noche llegó al pueblo, y como quiera que hacía muy mal tiempo y el agua caía a cántaros, se fue directo a casa del Hada con el ánimo resuelto de llamar a la puerta y hacerse abrir.

Pero cuando llegó allí sintió que le faltaba el valor y, en vez de llamar, se alejó corriendo una veintena de pasos. Se acercó de nuevo a la puerta, pero tampoco se decidió; se aproximó por tercera vez, y nada; a la cuarta vez cogió, temblando, el llamador de hierro y dio un golpecito.

Espera que te espera; finalmente, después de una media hora, se abrió una ventana del último piso (la casa era de cuatro pisos) y Pinocho vio asomarse a un gran caracol que llevaba una lucecita en la cabeza, el cual dijo:

–¿Quién llama a estas horas?

–¿Está en casa el Hada? –preguntó el polichinela.

–El Hada duerme y no quiere que se la despierte. Pero ¿tú quién eres?

–¡Soy yo!

–¿Quién es yo?

–Pinocho.

–¿Quién es Pinocho?

–El polichinela, el que está en casa del Hada.

–¡Ah, ya entiendo! –dijo el Caracol–. Espérame aquí, que ahora bajo y te abriré en seguida.

–Daos prisa, por favor, porque me muero de frío.

–Hijo mío, yo soy un caracol, y los caracoles no tienen nunca prisa.

Mientras tanto, pasó una hora, pasaron dos, y la puerta no se abría; por lo cual Pinocho, que temblaba de frío, de miedo y del agua que llevaba encima, cobró ánimo y llamó una segunda vez con más fuerza.

Al oír esta segunda llamada, se abrió una ventana del piso de más abajo y se asomó también el mismo Caracol.

–Caracolito hermoso –exclamó Pinocho desde la calle–, ¡hace dos horas que estoy esperando! Y dos horas, con esta nochecita, parecen más largas que dos años. Daos prisa, por favor.

–Hijo mío –le contestó desde la ventana aquella bestezuela, toda paz y flema–, hijo mío, yo soy un caracol y los caracoles nunca tienen prisa.

Y la ventana volvió a cerrarse.

Al poco rato sonó la medianoche, después la una, después las dos de la madrugada, y la puerta siempre cerrada.

Entonces Pinocho, perdiendo la paciencia, agarró con rabia el aldabón de la puerta para dar un golpe tal que hiciese retumbar toda la casa; pero el aldabón, que era de hierro, se convirtió de repente en una anguila viva, la cual, escurriéndosele de entre las manos, desapareció en el arroyito de agua que se deslizaba por en medio de la calle.

–¡Ah!, ¿sí? –gritó Pinocho, cada vez más ciego de rabia–. Si el aldabón ha desaparecido, llamaré a patadas.

Y, haciéndose un poco atrás, dio una solemnísima patada en la puerta de la casa. El golpe fue tan violento que la mitad del pie se le hundió en la madera; y cuando el polichinela quiso sacarlo, todo esfuerzo fue inútil, porque el pie se le había quedado clavado como un clavo.

¡Imaginaos al pobre Pinocho! Tuvo que pasarse el resto de la noche con un pie en tierra y el otro en el aire.

Por la mañana, al hacerse de día, la puerta se abrió por fin. El bravo Caracol, para bajar desde el cuarto piso a la puerta de la calle no había invertido más que nueve horas. ¡Hay que reconocer que bien lo había sudado!

—¿Qué haces con ese pie metido en la puerta? —preguntó, riendo al polichinela.

—Ha sido una desgracia. Ved, Caracolito hermoso, si es posible librarme de este suplicio.

—Hijo mío, ese trabajo requiere un carpintero, y yo nunca lo he sido.

—Avisad al Hada de mi parte...

—El Hada duerme y no quiere que se la despierte.

—Pero ¿qué queréis que haga clavado todo el día a esta puerta?

—Distráete contando las hormigas que pasan por la calle.

—Traedme al menos alguna cosa para comer, porque me siento desfallecer.

—¡En seguida! —dijo el Caracol.

Efectivamente, después de tres horas y media, Pinocho le vio venir con una bandeja de plata en la cabeza. En la bandeja había un pan, un pollo asado y cuatro albaricoques maduros.

—Aquí tenéis el almuerzo que os manda el Hada —dijo el Caracol.

Al ver aquellos apetitosos manjares, el polichinela se sintió muy consolado. Pero cuál no sería su desengaño cuando al empezar a comer advirtió que el pan era de yeso, el pollo de cartón y los cuatro albaricoques de alabastro, pintados como si fuesen naturales.

Quería llorar, quería desesperarse, quería tirar la bandeja y lo que contenía; pero, ya fuese por el gran dolor o por la gran debilidad de su estómago, el caso es que cayó desmayado.

Cuando recobró los sentidos se halló tendido sobre un sofá, y el Hada estaba cerca de él.

—También por esta vez te perdono —le dijo el Hada—; pero ¡pobre de ti si me haces otra de las tuyas!...

Pinocho prometió y juró que estudiaría y que se conduciría siempre bien. Y mantuvo su palabra durante el resto del año. En efecto, en los exámenes anteriores a las vacaciones tuvo el honor de ser el primero de la escuela; y su comportamiento en general fue tan loable y satisfactorio, que el Hada, muy contenta, le dijo:

—¡Mañana, por fin, tu deseo será cumplido!

—¿Qué decís?

—Mañana dejarás de ser un polichinela de madera y serás un muchacho de provecho.

Quien no haya visto la alegría de Pinocho al oír aquella noticia tan anhelada, no podrá figurárselo nunca. Todos sus amigos y compañeros de escuela debían ser invitados el día siguiente a un gran almuerzo en casa del Hada, con objeto de celebrar juntos el gran acontecimiento, y el Hada había hecho preparar doscientas tazas de café con leche y cuatrocientos panecillos bien untados de mantequilla por dentro y por fuera. Aquella jornada prometía ser muy hermosa y muy alegre, pero...

Desgraciadamente, en la vida de los polichinelas hay siempre un «pero» que todo lo estropea.

CAPÍTULO XXX

Pinocho, en lugar de transformarse en un muchacho, parte a escondidas, con su amigo Pabilo para el País de los Juguetes

Como es natural, Pinocho pidió en seguida al Hada permiso para dar una vuelta por la ciudad y repartir invitaciones, y el Hada le dijo:

–Puedes invitar a tus compañeros al almuerzo de mañana; pero acuérdate de volver a casa antes de que se haga de noche. ¿Has comprendido?

–Prometo volver dentro de una hora –replicó el polichinela.

–¡Ten cuidado, Pinocho! Los chicos prometen pronto, pero la mayoría de las veces no cumplen lo que prometen.

–Pero yo no soy como los otros; yo, cuando digo una cosa la mantengo.

–Veremos. En el caso de que desobedecieses, tanto peor para ti.

–¿Por qué?

–Porque los chicos que no dan crédito a los consejos de quienes saben más que ellos, van siempre al encuentro de alguna desgracia.

–¡Lo sé por experiencia! –exclamó Pinocho–. Pero ahora no reincidiré más.

–Veremos si lo que dices es cierto.

Sin añadir otras palabras, el polichinela saludó a su buena Hada, que era para él una especie de madre, y, cantando y bailando, se marchó.

En poco más de una hora invitó a todos sus amigos. Algunos aceptaron en seguida y de corazón; otros, al principio se hicieron rogar un poco; pero cuando supieron que los panecillos para mojar en el café con leche estarían untados de mantequilla por dentro y por fuera, acabaron todos por decir: «Iremos también nosotros, para darte gusto».

Ahora es preciso que sepáis que Pinocho, entre sus amigos y compañeros de escuela, contaba con uno predilecto y queridísimo, quien tenía el nombre de Romeo, pero todos le llamaban con el sobrenombre de Pabilo, a causa de su físico alargado y enjuto, como el pabilo nuevo de una lamparilla.

Pabilo era el chico más gandul y travieso de toda la escuela; pero Pinocho le quería mucho. Fue, pues, en seguida a buscarlo a su casa, para invitarlo al almuerzo, y no lo encontró; volvió por segunda vez y Pabilo no estaba; volvió por tercera vez e hizo el camino en vano.

¿Dónde atraparlo? Busca aquí, busca allá, por fin lo encontró escondido bajo el pórtico de una casa de aldeanos.

–¿Qué haces aquí? –le preguntó Pinocho, acercándose.

–Espero la medianoche para partir...

–¿Adónde vas?

–¡Lejos, lejos, lejos!

–¡Y yo que he ido a buscarte tres veces a tu casa!...

–¿Qué querías de mí?

–¿No sabes el gran acontecimiento? ¿No sabes la fortuna que me espera?

–¿Cuál?

–Mañana terminaré de ser un polichinela y me transformaré en un chico como tú y como todos los demás.

–Buen provecho te haga.

–Mañana, pues, te espero a almorzar en mi casa.

–Ya te he dicho que parto esta noche.

–¿A qué hora?

–A las doce.

–¿Y adónde vas?

–Voy a vivir en un país... que es el más bonito del mundo: ¡una verdadera Jauja?...

–¿Cómo se llama?

–Se llama el «País de los Juguetes». ¿Por qué no vienes tú también?

–¿Yo? ¡No, de verdad!

–Haces mal, Pinocho. Créeme a mí; si no vienes te arrepentirás. ¿Dónde quieres encontrar un país más saludable para nosotros los muchachos? Allí no hay escuelas; allí no hay maestros; allí no hay libros. En ese bendito país no se estudia nunca. Los jueves no hay escuela, y la semana está compuesta de seis jueves y un domingo. Imagínate que las vacaciones del verano empiezan el primero de enero y terminan el último de diciembre. ¡Ahí tienes un pueblo como me gusta realmente a mí! ¡Así tendrían que ser todos los pueblos civilizados!...

–Pero ¿cómo se pasan los días en el País de los Juguetes?

–Se pasan jugando y divirtiéndose desde la mañana a la noche. Por la noche se va uno a la cama y a la mañana siguiente se vuelve a empezar. ¿Qué te parece?

–¡Hum!... –hizo Pinocho, y movió ligeramente la cabeza, como diciendo: «¡Es una vida que yo haría también con mucho gusto!».

–¿Quieres, pues, venir conmigo? ¿Sí o no? Decídete.

–No, no, no, y siempre no. Ya he prometido a mi buena Hada que seré un buen chico y quiero mantener mi promesa. Precisamente, como veo que el sol se esconde, te dejo y me voy corriendo. De modo que adiós y buen viaje.

–¿Adónde vas con tanta prisa?

–A casa. Mi buena Hada quiere que regrese antes de que se haga de noche.

–Espera dos minutos más.

–Se me hará demasiado tarde.

–Dos minutos solamente.

–¿Y si el Hada me grita después?

–Déjala que grite. Cuando haya gritado mucho, se callará –dijo aquel diablo de Pabilo.

–¿Cómo te vas? ¿Solo o acompañado?

–¿Solo? Seremos más de cien chicos.

–¿Y hacéis el viaje a pie?

–A medianoche pasará a recogernos aquí el carro que nos conducirá hasta los límites de ese afortunadísimo país.

–¡Lo que daría porque fuese ya la medianoche!...

–¿Por qué?

–Para veros marchar a todos juntos.

–Quédate aquí un poco más y nos verás.

–No, no; quiero regresar a casa.

–Espera otros dos minutos.

–Me he esperado ya demasiado. El Hada estará intranquila por mí.

–¡Pobre Hada! ¿Tiene quizá miedo de que te coman los murciélagos?

–Pero, dime –añadió Pinocho–, ¿estás realmente seguro de que en ese país no hay ninguna escuela?

–Ni siquiera la sombra.

–¿Ni maestros?

–Ni uno.

–¿Y no se tiene nunca la obligación de estudiar?

–¡Nunca, nunca, nunca!

–¡Qué gran pueblo! –dijo Pinocho, sintiendo que la boca se le hacía agua–. ¡Qué gran pueblo! ¡Yo no he estado nunca, pero me lo figuro!...

–¿Por qué no vienes también tú?

–¡Es inútil que me tientes! He prometido a mi buena Hada que seré un chico juicioso, y no quiero faltar a mi palabra.

–Entonces, adiós, y saluda de mi parte a las escuelas elementales... y también a las superiores, si te las encuentras por el camino.

–Adiós, Pabilo; que tengas buen viaje, diviértete y acuérdate alguna vez de los amigos.

Dicho esto, el polichinela dio dos pasos iniciando la marcha; pero luego, deteniéndose y volviéndose hacia su amigo, le preguntó:

–¿Estás verdaderamente seguro de que en aquel pueblo todas las semanas están compuestas de seis jueves y de un domingo?

–Segurísimo.

–¿Y estás también seguro de que las vacaciones empiezan el primero de enero y terminan el último de diciembre?

–¡Segurísimo!

–¡Qué pueblo más hermoso! –repitió Pinocho, deslumbrado por el atrayente panorama. Después, decidiéndose, añadió precipitadamente:

–Adiós de una vez y buen viaje.

–Adiós.

–¿Dentro de cuánto marcháis?

–¡Dentro de dos horas!

–¡Qué lástima! Si sólo faltase una sería capaz de esperarme.

–¿Y el Hada?

–¡De todas maneras, ya se me ha hecho tarde!... Y lo mismo da volver a casa una hora más tarde que una hora más temprano.

–¡Pobre Pinocho! ¿Y si el Hada te grita?

–¡Paciencia! La dejaré gritar. Cuando haya gritado bastante, se callará.

Mientras tanto, se había hecho ya de noche, y de pronto vieron moverse en lontananza una lucecita... y oyeron un tintineo de cascabeles y un toque de trompeta, tan pequeño y ahogado, que parecía el silbido de un mosquito.

–¡Ya está aquí! –exclamó Pabilo, poniéndose en pie.

–¿Quién? –preguntó en voz baja Pinocho.

–El carro que viene a buscarnos. ¿Quieres venir, sí o no?

–Pero ¿es verdad –preguntó el polichinela– que en ese país los chicos no tienen nunca la obligación de estudiar?

–¡Nunca, nunca, nunca!

–¡Qué país tan hermoso!... ¡Qué país tan hermoso!.. ¡Qué país tan hermoso!...

CAPÍTULO XXXI

Después de cinco meses de felicidad, Pinocho, con gran asombro suyo,
tuvo una desagradabilísima sorpresa que le puso de muy mal humor

Por fin el carro llegó, y llegó sin hacer el más pequeño ruido, porque sus ruedas estaban forradas de estopa y trapos.

Iba tirado por doce parejas de burros, todos del mismo tamaño, pero de diverso pelaje.

Algunos eran grises, otros blancos, otros salpicados de manchitas, y otros rayados a grandes listas amarillas y azules.

Pero lo más singular era que aquellas doce parejas, o sea aquellos veinticuatro burros, en vez de estar herrados, como todas las bestias de tiro o carga, llevaban en los pies botas de hombre, de becerro blanco.

¿Y el conductor del carro?...

Imaginaos un hombrecito más ancho que largo, tierno y untuoso como una bola de manteca, con una carita de manzana rosada, una boquita que reía siempre y una voz sutil y acariciadora, como la de un gato que se encomienda al buen corazón del ama de la casa.

Todos los chicos, nada más verlo, se quedaban encantados y porfiaban para montar en su carro, con el fin de ser conducidos a aquel paraíso conocido en el mapa con el seductor nombre de País de los Juguetes.

En efecto, el carro estaba ya lleno de chiquillos entre los ocho y los doce años, amontonados unos sobre otros como sardinas en lata. Iban incómodos, se pisaban, no podían casi respirar; pero ninguno exclamaba ¡ay!, ninguno se quejaba. El consuelo de saber que dentro de pocas horas llegarían a un país donde no existían libros, escuelas ni maestros, les hacía tan contentos y resignados que no sentían ni las incomodidades, ni el cansancio, ni el hambre, ni la sed, ni el sueño.

Tan pronto como el carro se paró, el hombrecito se dirigió a Pabilo y con mil melindres y arrumacos le preguntó sonriendo:

–Dime, gentil rapaz, ¿quieres ir tú también a ese afortunado país?

–Naturalmente que quiero ir.

–Pero te advierto, queridito, que en el carro no hay sitio. ¡Como ves, está lleno!...

–¡Qué le vamos a hacer! –replicó Pabilo–. Si no hay sitio dentro, me acomodaré en las varas del carro.

Y, pegando un salto, montó a horcajadas sobre una de ellas.

—¿Y tú, querido?... —dijo el hombrecito, volviéndose con gran afectuosidad hacia Pinocho—; ¿qué vas a hacer? ¿Vienes con nosotros, o te quedas?

—Me quedo —contestó Pinocho—. Quiero volver a mi casa; quiero estudiar y quiero ser el primero de la clase, como hacen todos los muchachos que son como es debido.

—¡Que te aproveche!

—¡Pinocho! —exclamó entonces Pabilo—. Hazme caso a mí; ven con nosotros y nos divertiremos.

—¡No, no, no!

—Ven con nosotros y nos divertiremos —gritaron otras cuatro voces de dentro del carro.

—Ven con nosotros y nos divertiremos —gritaron a la vez un centenar de voces de dentro del carro.

—Si me voy con vosotros, ¿qué dirá mi buena Hada? —dijo el polichinela, que empezaba a ablandarse y a cambiar de opinión.

—No te quiebres la cabeza con tantos temores. Piensa solamente que vamos a un país donde seremos dueños de divertirnos desde la mañana a la noche.

Pinocho no contestó, pero dio un suspiro, después dio otro, luego un tercero; finalmente, dijo:

—¡Hacedme un poco de sitio; quiero ir yo también!

—Todos los sitios están ocupados —replicó el hombrecito—; pero para demostrarte cuán a gusto te llevo, puedo cederte mi asiento en el pescante...

—¿Y vos?...

—Yo iré a pie.

—¡No, eso sí que no lo permito! ¡Antes preferiría ir montado en cualquiera de estos burros! —exclamó Pinocho.

Dicho y hecho, se acercó al burro que estaba a la derecha de la primera pareja e hizo la acción de montarlo, pero el animal, volviéndose de pronto, le dio una gran mor.. .la en el estómago y lo lanzó con las piernas al aire.

¡Podéis imaginaros las impertinentes y ruidosas carcajadas que lanzarían aquellos muchachos al ver la escena!

Pero el hombrecito no se rió. Se aproximó lleno de solicitud al rebelde burro y, fingiendo darle un beso, le arrancó de un mordisco la mitad de la oreja derecha.

Entre tanto, Pinocho, levantándose del suelo muy enfurecido, se plantó de un salto en la grupa del pobre animal. El salto fue tan estupendo que los chicos, cesando de reír, empezaron a gritar: «¡Viva Pinocho!», dedicándole una salva de aplausos que no acababan nunca.

De repente, el burro levantó las patas traseras y, dando una fortísima sacudida, lanzó al pobre polichinela en medio de la calle, sobre un montón de grava.

Entonces empezaron de nuevo las risotadas; pero el hombrecito, en vez de reírse, se sintió poseído de tal cariño hacia el inquieto burro que, con otro beso, le arrancó la mitad de la otra oreja. Después dijo al polichinela:

—Vuelve a montar y no tengas miedo. Este burro tenía en la cabeza algún tornillo flojo; pero le he dicho dos palabritas al oído y espero haberle hecho entrar en razón.

Pinocho montó, y el carro empezó a moverse; pero mientras los burros galopaban y el carro corría sobre el empedrado de la carretera, le pareció al polichinela oír una voz muy queda y apenas inteligible que le decía:

–¡Pobre tonto! ¡Has querido obrar a tu antojo, pero te arrepentirás!

Pinocho, casi empavorecido, miró a su alrededor, con objeto de ver de qué parte llegaban aquellas palabras; mas no vio a nadie: los burros seguían galopando, el carro corría, los chicos dormían dentro del carro, Pabilo roncaba como un lirón y el hombrecito, sentado en el pescante, canturreaba entre dientes:

«Todos duermen por la noche, yo no duermo nunca…»

Después de haber recorrido medio kilómetro más, Pinocho oyó la misma vocecita que débilmente le decía:

–¡Tenlo presente, infeliz! Los chicos que abandonan el estudio y a los maestros, y sólo piensan en los juguetes y en divertirse, tienen muy mal fin… ¡Lo sé por experiencia y te lo puedo decir! ¡Llegará un día en que tú también llorarás, como hoy lloro yo…, pero entonces será tarde!…

Al oír estas palabras pronunciadas quedamente, el polichinela, asustado como nunca, saltó de la grupa de la cabalgadura y fue a coger a su burro por el morro.

¡Figuraos cómo se quedaría cuando advirtió que su burro lloraba…, y lloraba como si fuese un muchacho!

–¡Eh, señor hombrecito! –gritó entonces Pinocho al dueño del carro–. ¿Sabéis lo que ocurre? Este burro llora.

–Déjalo que llore; ya reirá cuando se case.

–Pero ¿acaso le habéis enseñado también a hablar?

–No; ha aprendido por sí mismo a barbotar alguna palabra, por haber estado tres años en una compañía de perros amaestrados.

–¡Pobre animal!…

–¡Bah, bah –dijo el hombrecito–, no perdamos el tiempo en ver llorar a un burro! Vuelve a montar y vámonos; la noche es fresca y el camino es largo.

Pinocho obedeció sin rechistar. El carro reanudó su carrera y, por la mañana, con el alba, llegaron felizmente al País de los Juguetes.

Este pueblo no se parecía a ningún otro del mundo. Su población estaba compuesta de niños. Los mayores tenían catorce años y los más pequeños tenían ocho apenas. En las calles se advertía una alegría, un jolgorio, un griterío ensordecedor, capaz de hacer perder la cabeza. Montones de chicos por todas partes: quiénes jugaban a canicas, otros al chito, algunos a la pelota; quién iba en bicicleta, quién sobre un caballito de madera; éstos jugaban a la gallina ciega, aquéllos se perseguían; otros, vestidos de payaso, comían estopa encendida; otros recitaban, cantaban, daban saltos mortales o se divertían en andar con las manos en tierra y las piernas al aire; otros hacían rodar el aro, se paseaban vestidos de general con el casco de papel y el sable de cartón; quién reía, gritaba, cantaba, llamaba, palmoteaba, silbaba; quién imitaba a la gallina cuando pone el huevo; en suma, un pandemónium, una algarabía tal, una batahola tan endiablada, que menester era ponerse algodón en los oídos para no quedarse sordo. En todas las plazas se veían

teatritos de tela, rebosantes de chiquillos desde la mañana a la noche, y en todos los muros de las casas se leían, escritas con carbón, cosas tan bellísimas como éstas: «Viban los gugetes», «No ceremos más esquelas», «Abajo Larit Metica» y otras lindezas por el estilo.

Pinocho, Pabilo y todos los muchachos que habían hecho el viaje con el hombrecito, apenas pusieron el pie en la gran ciudad tomaron en seguida parte en la gran baraúnda, y, en pocos minutos, como es fácil imaginar, fueron amigos de todos. ¿Quién más feliz, quién más contento que ellos?

En medio de los continuos recreos y de las variadas diversiones, las horas, los días y las semanas se deslizaban como relámpagos.

–¡Oh, qué hermosa vida! –decía Pinocho todas las veces que por casualidad se encontraba con Pabilo.

–¿Ves como tenía razón? –le decía este último–. ¡Y pensar que no querías venir! ¡Y pensar que se te había metido en la cabeza el volver a casa de tu Hada, para perder el tiempo estudiando!... Si hoy estás libre de la molestia de los libros y de la escuela, a mí me lo debes, a mis consejos, a mi insistencia, ¿no te parece? Sólo los amigos verdaderos sabemos hacer estos grandes favores.

–¡Es verdad, Pabilo! Si hoy soy un chico verdaderamente feliz, a ti te lo debo. ¿Sabes, en cambio, lo que me decía el maestro hablando de ti? Me decía siempre: «¡No tengas tratos con ese granuja de Pabilo, porque es un mal compañero y no puede aconsejarte más que cosas malas!...».

–¡Pobre maestro! –replicó el otro moviendo la cabeza–. ¡Sé de sobra que le resultaba enojoso y que se complacía siempre en calumniarme, pero yo soy generoso y le perdono!

–¡Qué alma tan grande tienes! –dijo Pinocho abrazando afectuosamente a su amigo y dándole un beso entre los ojos.

Mientras tanto, hacía ya cinco meses que duraba el gran plan de holgazanear y divertirse jornadas enteras, sin ver jamás un libro ni una escuela, cuando una mañana, Pinocho, al despertarse, tuvo una desagradabilísima sorpresa que le puso de muy mal humor.

CAPÍTULO XXXII

A Pinocho le brotan orejas de burro, se convierte en un verdadero pollino
y empieza a rebuznar

¿Cuál fue esa sorpresa? Os lo diré yo, mis queridos lectorcitos: la sorpresa fue que, al despertarse Pinocho una mañana, le entraron ganas de rascarse la cabeza y, al hacerlo, se encontró con que...

¿Lo adivináis, quizá?

Se encontró con que las orejas le habían crecido más de un palmo. Juzgad su estupefacción.

Ya sabéis que el polichinela, desde su nacimiento, tenía las orejas pequeñitas, pequeñitas, tan pequeñitas, que al primer golpe de vista no se notaban siquiera. Figuraos, pues, cómo se quedaría cuando advirtió que sus orejas, durante la noche, habían crecido tanto que parecían dos aspas de molino.

Fue inmediatamente a buscar un espejo para poderse ver; pero, no hallando ninguno, llenó de agua la palangana del lavabo y, mirándose en ella, vio lo que nunca hubiese querido ver: vio su imagen embellecida por un magnífico par de orejas de burro.

¡Ya imaginaréis el dolor, la vergüenza y la desesperación del pobre Pinocho!

Empezó a llorar, a gritar, a darse de cabezadas contra la pared; pero cuanto más se desesperaba, más crecían sus orejas, haciéndose peludas hasta la misma punta.

Al oír aquellos gritos agudísimos, entró en la estancia una bella marmotita que habitaba el piso superior, la cual, viendo al polichinela en tal estado de desesperación, le preguntó solícitamente:

–¿Qué te pasa, querido vecino?

–¡Estoy enfermo, Marmotita querida, muy enfermo... y enfermo de una dolencia que me da miedo! ¿Sabes tomar el pulso?

–Un poquito.

–Tómamelo, pues, a ver si tengo fiebre.

La Marmotita alzó la pata izquierda delantera, y después de haber tomado el pulso a Pinocho le dijo suspirando:

–¡Amigo mío, lamento tener que darte una mala noticia!...

–¿Cuál?

–¡Que tienes una fiebre muy fea!...

–¿De qué fiebre se trata?

–De la fiebre del burro.

–¡No conozco esa clase de fiebre! –respondió el polichinela, que la conocía demasiado, por su desgracia.

–Ahora te la explicaré –añadió la Marmotita–. Has de saber que dentro de dos o tres horas no serás ni un polichinela ni un muchacho...

–¿Qué seré, entonces?

–Dentro de dos o tres horas estarás convertido en un burro real y verdadero, como los que tiran de los carretones que llevan verduras al mercado.

–¡Oh, pobre de mí! ¡Pobre de mí! –exclamó Pinocho cogiéndose con las manos las orejas, estirándoselas rabiosamente y tratando de arrancárselas, como si fuesen las orejas de otro.

–Querido –replicó la Marmotita para consolarlo–, ¿qué quieres hacer? Es tu destino actual. Está escrito en los designios de la sabiduría que todos los chicos alocados que desdeñan los libros, las escuelas y los maestros, y se pasan los días entretenidos con juegos y diversiones, tarde o temprano tienen que acabar transformándose en otros tantos pollinos.

–¿De veras es así? –preguntó sollozando el polichinela.

–¡Ya lo creo! Y ahora los llantos son inútiles. ¡Tenías que haberlo pensado antes!

–¡Pero la culpa no es mía; la culpa, créelo, Marmotita, es toda de Pabilo!...

–¿Quién es Pabilo?

–Un compañero mío de escuela. Yo quería volver a casa, quería ser obediente, quería seguir estudiando para ser un chico como es debido... Pero Pabilo me dijo: «¿Por qué quieres molestarte estudiando? ¿Por qué quieres ir a la escuela? Mejor es que te vengas conmigo al País de los Juguetes y allí no estudiaremos más: allí nos divertiremos desde la mañana a la noche y estaremos siempre alegres».

–¿Por qué seguiste el consejo de ese falso amigo, de ese mal compañero?

–¿Por qué?... Porque, querida Marmotita, yo soy un polichinela sin juicio... y sin corazón. ¡Oh, si hubiese tenido un trocito de corazón no habría abandonado nunca a mí buena Hada, que me quería lo mismo que una madre y que tanto había hecho por mí…, y a estas horas ya no sería un polichinela... sino un buen muchachito como tantos otros! ¡Oh..., pero si encuentro a Pabilo, ay de él! ¡Lo pondré de vuelta y media, como se merece!...

E hizo ademán de irse. Mas, cuando estaba en la puerta, avergonzándose de mostrarse en público de aquella forma, ¿qué se le ocurrió? Cogió un gran gorro de algodón y se lo encasquetó hasta la punta de la nariz.

Después salió, dedicándose a buscar a Pabilo por todas partes. Lo buscó en las calles, en las plazas, en los teatritos, en todos los rincones; pero no lo encontró. Preguntó por él a cuantos hallaba por la calle, pero nadie lo había visto. Entonces fue a buscarlo a su casa, y, llegado a la puerta, llamó.

–¿Quién es? –preguntó Pabilo desde dentro.

–¡Soy yo! –contestó el polichinela.

–Espera un poco y te abriré.

Después de media hora, la puerta se abrió; figuraos cómo se quedaría Pinocho cuando,

entrando en la habitación, vio a su amigo Pabilo con un gran gorro de algodón en la cabeza que le cubría hasta la nariz.

A la vista de aquel gorro, Pinocho se sintió casi consolado y pensó en seguida en su interior:

«¿Será que mi amigo está enfermo del mismo mal? ¿Tendrá también la fiebre del burro?...»

Y fingiendo no haberse dado cuenta de nada, le preguntó sonriendo:

–¿Cómo estás, mi querido Pabilo?

–Muy bien; como un ratón dentro de un queso.

–¿Lo dices en serio?

–¿Qué sacaría engañándote?

–Perdona, amigo; entonces, ¿por qué llevas en la cabeza ese gorro de algodón que te cubre las orejas?

–Me lo ha ordenado el médico porque me he hecho daño en una rodilla. ¿Y tú, querido polichinela, por qué llevas ese gorro de algodón encasquetado hasta la nariz?

–Me lo ha ordenado el médico porque me he torcido un pie.

–¡Oh, pobre Pinocho!...

–¡Oh, pobre Pabilo!...

A estas palabras sucedió un larguísimo silencio, durante el cual los dos amigos no hicieron otra cosa que mirarse el uno al otro en actitud de burla.

Finalmente el polichinela, con una vocecita meliflua y aflautada, dijo a su compañero:

–Satisface mi curiosidad, querido Pabilo: ¿has sufrido alguna enfermedad en las orejas?

–¡Nunca!... ¿Y tú?

–¡Nunca! Sin embargo, desde esta mañana tengo una que me hace mucho daño.

–A mí me pasa lo mismo.

–¿También a ti? ¿Y cuál es la que te duele?

–Las dos. ¿Y a ti?

–Las dos. ¿No será el mismo mal?

–Temo que sí.

–¿Quieres hacerme un favor, Pabilo?

–¡Ya lo creo! De todo corazón.

–¿Quieres dejarme ver tus orejas?

–¿Por qué no? Pero antes quiero ver las tuyas, querido Pinocho.

–No, el primero debes ser tú.

–¡No, amigo! ¡Primero tú, después yo!

–Pues bien –dijo entonces el polichinela-, hagamos un pacto como buenos amigos.

–Veamos qué pacto.

–Quitémonos los dos el gorro al mismo tiempo; ¿aceptas?

–Acepto.

–¡Pues atención! –Y Pinocho empezó a contar en voz alta–: ¡Uno! ¡Dos! ¡Tres!

Al oír la palabra ¡tres!, los dos muchachos se quitaron los gorros y los tiraron al aire.

Entonces se produjo una escena que parecía increíble si no fuese real. Sucedió, pues, que

Pinocho y Pabilo, cuando se vieron heridos los dos por igual desgracia, en vez de sentirse mortificados y afligidos, empezaron a hacerse guiños y a señalarse mutuamente las desmesuradas orejas, y prorrumpieron en una gran carcajada.

Y rieron, rieron, rieron hasta retorcerse; pero en el momento más agudo de la risa, Pabilo se calló de repente, y bamboleándose y cambiando de color, dijo a su amigo:

—¡Socorro, socorro, Pinocho!

—¿Qué tienes?

—¡Ay de mí! No puedo tenerme derecho.

—Ni yo tampoco —exclamó Pinocho, llorando y tambaleándose.

Así hablando, cayeron los dos de cuatro patas al suelo, y empezaron a dar vueltas y a correr por la estancia. Mientras corrían, sus brazos se volvieron efectivamente patas, sus caras se alargaron y se convirtieron en hocicos, y sus espaldas se cubrieron de un pelamen gris claro, salpicado de negro.

Pero el momento más desagradable para aquellos dos desdichados, ¿sabéis cuál fue? Fue aquel en que sintieron brotarles por detrás la cola. Vencidos entonces por la vergüenza y el dolor, se pusieron a llorar y a lamentarse de su destino.

¡Nunca lo hubiesen hecho! En vez de gemidos y de lamentos, emitían rebuznos; y rebuznando sonoramente, hacían los dos a coro: ¡Hi-aaa, hi-aaa, hi-aaa!

En aquel instante llamaron a la puerta, y una voz dijo:

—¡Abrid! Soy el Hombrecito, soy el conductor del carro que os trajo a este pueblo. ¡Abrid en seguida o ay de vosotros!

CAPÍTULO XXXIII

Transformado en un verdadero borrico, lo llevan a vender y lo compra el director de una compañía de payasos para enseñarle a bailar y saltar aros, pero una noche se queda cojo y entonces lo compra otro para hacer un tambor con su piel

Viendo que la puerta no se abría, el Hombrecito la abrió de una violentísima patada y entrando en la estancia dijo con su acostumbrada risita a Pinocho y a Pabilo:

—¡Bravo, muchachos! Habéis rebuznado bien y os he reconocido inmediatamente por la voz; por eso he venido.

Al oír tales palabras, los dos burros se quedaron mohínos, mohínos, con la cabeza gacha, las orejas colgando y la cola entre piernas.

Al principio el Hombrecito les pasó la mano por el lomo acariciándolos y palpándolos; después, sacando la almohaza, comenzó a restregarlos con furia. Y cuando a fuerza de restregarlos los hubo dejado brillantes como dos espejos, les puso el ronzal, conduciéndolos a la plaza del mercado con la esperanza de venderlos y conseguir una discreta ganancia.

Los compradores, en efecto, no se hicieron esperar.

Pabilo fue comprado por un aldeano, al cual se le había muerto el burro el día anterior, y Pinocho fue vendido al director de una compañía de payasos y de equilibristas, quien lo compró para amaestrarlo y hacerle saltar y bailar después, junto con los otros animales de la compañía.

¿Habéis comprendido ahora, mis pequeños lectores, qué oficio era el que desempeñaba el Hombrecito? Este feo y pequeño monstruo, que tenía una fisonomía que parecía toda hecha de leche y miel, iba de vez en cuando con un carro a rodar por el mundo; por los caminos recogía, con promesas y melindres, a todos los chicos desaplicados que se aburrían con los libros y con la escuela, y, una vez acomodados en su carro, los llevaba al País de los Juguetes, para que allí pasasen el tiempo jugando, bromeando y divirtiéndose. Tan pronto como los ilusos muchachos, a fuerza de divertirse siempre y no estudiar nunca, se transformaban en otros tantos burros, entonces, lleno de alegría y contento se adueñaba de ellos y los iba a vender a las ferias y a los mercados. De esta manera, en pocos años había hecho tanto dinero que era millonario.

Lo que fue de Pabilo, no lo sé; sé, en cambio, que Pinocho, desde los primeros días, llevó una vida durísima y trabajosa.

Conducido a la cuadra, el nuevo dueño le llenó el pesebre de paja, pero Pinocho, después de haber probado un bocado, la escupió.

Entonces el dueño, gruñendo, le llenó el pesebre de heno; pero tampoco el heno le gustó.

—¡Ah! ¿No te gusta tampoco el heno? —gritó el patrón, enojado—. ¡Déjame hacer, lindo burro, que si tienes caprichos, ya te los quitaré yo!…

Y a título de corrección, le asestó un latigazo en las piernas.

A causa del gran dolor que esto le produjo, Pinocho comenzó a llorar y a rebuznar, y rebuznando decía:

—¡Hi-aaa, la paja no la puedo digerir!…

—¡Entonces come el heno! —replicó el patrón, que comprendía perfectamente el dialecto asnal.

—¡Hi-aaa, el heno me produce dolores de barriga!

—¿Pretenderás, quizá, que a un burro como tú le mantenga a base de pollos y capones en gelatina? —añadió el patrón, enfureciéndose más y asestándole un segundo latigazo.

Al segundo golpe, Pinocho, por prudencia, se calló inmediatamente y no dijo nada más.

Salió el dueño, cerró la cuadra, y Pinocho se quedó solo; y como hacía muchas horas que no había comido, comenzó a bostezar del hambre que tenía. Y, bostezando, abría una boca que parecía un horno.

Por fin, no encontrando otra cosa en el pesebre, se resignó a masticar un poco de heno, y, después de haberlo masticado bien, cerró los ojos y lo tragó.

«Este heno no es malo —asintió después en su interior—; ¡pero cuánto mejor sería que hubiese continuado estudiando!… ¡A estas horas, en vez de heno, podría comer un corrusco de pan tierno y una buena rodaja de salchichón!… ¡Paciencia!…»

A la mañana siguiente, al despertarse, buscó en seguida en el pesebre un poco de heno, pero no lo encontró porque se lo había comido todo durante la noche.

Entonces tomó un bocado de paja trillada; y mientras la masticaba pudo convencerse de que el sabor de la paja triturada no se parecía en nada al del arroz a la valenciana ni al de los pasteles de hojaldre.

—¡Paciencia! —repitió, mientras seguía masticando—. Que mi desgracia pueda servir, por lo menos, de lección a todos los chicos desobedientes y que no tienen ganas de estudiar. ¡Paciencia!… ¡Paciencia!…

–¡Qué paciencia ni qué rábanos! –gritó el dueño entrando en aquel momento en la cuadra–. ¿Crees, quizá, mi querido burro, que yo te he comprado únicamente para darte de beber y de comer? Te he comprado para que trabajes y para que me hagas ganar mucho dinero. ¡Ánimo, pues, amigo! Ven conmigo al circo, y allí te enseñaré a saltar los aros, a romper con la cabeza barriles de papel y a bailar el vals y la polca sosteniéndote erguido sobre las patas traseras.

El pobre Pinocho, de grado o por fuerza, tuvo que aprender todas estas bellísimas cosas; mas para ello necesitó tres meses de aprendizaje y muchos latigazos que le erizaban el pelo.

Por fin llegó el día que su patrón pudo anunciar un espectáculo verdaderamente extraordinario. Los carteles de varios colores, pegados en las esquinas de las calles, decían así:

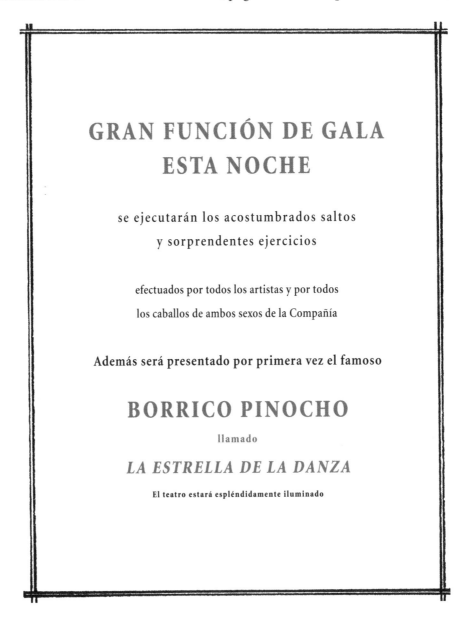

GRAN FUNCIÓN DE GALA
ESTA NOCHE

se ejecutarán los acostumbrados saltos
y sorprendentes ejercicios

efectuados por todos los artistas y por todos
los caballos de ambos sexos de la Compañía

Además será presentado por primera vez el famoso

BORRICO PINOCHO

llamado

LA ESTRELLA DE LA DANZA

El teatro estará espléndidamente iluminado

Aquella noche, como ya supondréis, una hora antes de empezar el espectáculo estaba el teatro abarrotado de gente. No se encontraba ni una butaca, ni un asiento de preferencia, ni un palco, aun pagándolo a peso de oro.

Las gradas del circo hormigueaban de niños, niñas y muchachos de todas las edades, que estaban locos de entusiasmo por ver bailar al famoso borrico Pinocho.

Acabada la primera parte del espectáculo, el Director de la Compañía, vestido de frac, calzones blancos y botas de piel que le llegaban hasta las rodillas, se presentó al numeroso público, y, haciendo una gran reverencia, pronunció con mucha solemnidad el siguiente disparatado discurso:

«¡Respetable público, caballeros y señoras!

»El humilde infrascrito, estando de paso por esta ilustre metropolitana, ha querido procrearme el honor y al mismo tiempo el placer de presentar a este inteligente y conspicuo auditorio un célebre burro que tuvo ya el honor de bailar en presencia de Su Majestad el Emperador de todas las principales Cortes de Europa.

»¡Y dándoos las gracias, ayudadnos con vuestra animadora presencia y excusadnos!»

Este discurso fue acogido con grandes risas y con muchos aplausos; pero los aplausos se redoblaron y se convirtieron en una especie de huracán ante la aparición del burro Pinocho en medio del circo. Iba muy bien engalanado. Llevaba una brida nueva de piel brillante, con hebillas y broches de latón: una camelia blanca en cada oreja; la crin dividida en rizos atados con flecos de seda roja; una gran cincha de oro y plata rodeándole el vientre, y la cola toda trenzada con cintas de terciopelo color carmesí y celeste. ¡Resultaba, en suma, un burro encantador!

El Director, al presentarlo al público, añadió estas palabras:

«¡Mis respetables oyentes! No me detendré aquí a hacer mención de las grandes dificultades que he tenido que vencer para atraer y someter a este mamífero, mientras pastaba libremente de montaña en montaña por las llanuras de la zona tórrida. Os ruego que observéis cuánto salvajismo se vislumbra en sus ojos, con lo cual queda dicho que, habiéndome resultado vanos cuantos procedimientos he empleado para adaptarlo a la vida de los cuadrúpedos civilizados, me he visto obligado a recurrir al afable dialecto del látigo. Pero cada una de mis gentilezas, en vez de atraerme su estima, me hizo perder el ánimo. Mas, siguiendo el sistema de Galles, encontré en su cráneo un pequeño cartílago óseo que la misma Facultad de Medicina de París reconoció ser el bulbo regenerador de los cabellos y de la danza pírrica. Por este motivo yo quise amaestrarle en el baile, así como en los saltos del aro y de los barriles forrados de papel. ¡Admiradlo, y después juzgadlo! Pero antes de despedirme de vosotros, permitidme, ¡oh señores!, que os invite al diurno espectáculo de mañana por la noche; pero en la apoteosis de que el tiempo lluvioso amenazase agua, entonces el espectáculo, en vez de mañana por la noche, será aplazado hasta mañana por la mañana a las once horas antemeridianas del mediodía.»

Al llegar a este punto, el Director hizo otra profundísima reverencia y, volviéndose luego hacia donde estaba Pinocho, le dijo:

–¡Ánimo, Pinocho! Antes de dar principio a vuestros ejercicios, saludad a este respetable público, caballeros, señoras y niños.

Pinocho, obediente, dobló en seguida las rodillas delanteras hasta tierra, permaneciendo así hasta que el Director, chasqueando el látigo, le gritó:

–¡Al paso!

Entonces el burro se levantó sobre sus cuatro patas, empezando a girar alrededor del circo y caminando siempre al paso. Al poco rato el Director gritó:

–¡Al trote!

Y Pinocho, obediente a la voz de mando, cambió el paso por el trote.

–¡Al galope!

Y Pinocho galopó.

–¡A la carrera!

Y Pinocho echó a correr a toda marcha.

Pero mientras corría como si en realidad fuese un caballo de carreras, el Director, alzando el brazo al aire, descargó un tiro de pistola.

Al oír aquel disparo, el burro, fingiéndose herido, cayó redondo en la pista, como si efectivamente estuviese moribundo.

Levantándose del suelo, en medio de una estruendosa salva de aplausos, de gritos y de aclamaciones que llegaban a las estrellas, se le ocurrió, naturalmente, alzar la cabeza y mirar arriba... y mirando, vio en un palco a una bella señora que lucía en el cuello un grueso collar de oro del que pendía un medallón. En el medallón estaba pintado el retrato de un polichinela.

«¡Ese retrato es el mío!... ¡Esa señora es el Hada!», se dijo en su interior Pinocho, reconociéndola inmediatamente; y dejándose vencer por su gran alegría, intentó gritar:

–¡Oh Hada mía! ¡Oh Hada mía!

Pero en vez de estas palabras, le salió de la garganta un rebuzno tan sonoro y prolongado que hizo reír a todos los espectadores, especialmente a todos los chiquillos que estaban en el teatro.

Entonces el Director, para enseñarle y hacerle entender que no es de buena educación ponerse a rebuznar en público, le dio un golpe en la nariz con el mango del látigo.

El pobre burro, sacando fuera un palmo de lengua, empezó a lamerse la nariz lo menos durante cinco minutos, en la creencia de que así podría aliviarse el dolor que sentía.

¡Mas cuál sería su desesperación cuando, volviéndose en una segunda carrera, vio que el palco estaba vacío y que el Hada había desaparecido!...

Se sintió morir; los ojos se le llenaron de lágrimas y comenzó a llorar copiosamente. Sin embargo, nadie lo advirtió, y menos que nadie el Director, quien, al contrario, chasqueando el látigo, gritó:

–¡Ánimo, Pinocho! Ahora haréis ver a estos señores con cuánta gracia sabéis saltar los aros.

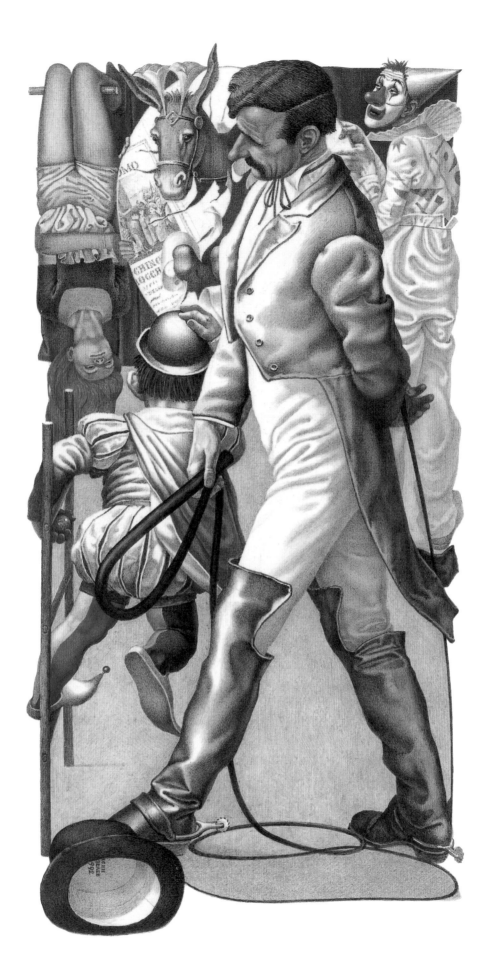

Pinocho lo intentó dos o tres veces, pero cada vez que llegaba delante del aro, en lugar de atravesarlo, pasaba cómodamente por debajo. Por fin, pegó un salto y lo atravesó; mas las piernas traseras se le quedaron desgraciadamente enredadas en el aro, motivo por el cual cayó en tierra por la otra parte, quedando hecho un rebujo.

Cuando se levantó estaba cojo, y a duras penas pudo volver a la cuadra.

–¡Que salga Pinocho! ¡Queremos el burro! ¡Que salga Pinocho! –gritaban los chicos de la platea, apiadados y conmovidos por el tristísimo lance.

Pero el burro no volvió a aparecer aquella noche.

A la mañana siguiente, el veterinario, o sea el médico de los animales, cuando lo reconoció declaró que se quedaría cojo para toda la vida.

Entonces el Director dijo a su mozo de cuadra:

–¿Qué quieres que haga de un burro cojo? Tendría que darle de comer gratis. Llévalo al mercado y revéndelo.

Llegados al mercado, encontraron en seguida comprador, el cual preguntó al mozo de cuadra:

–¿Cuánto quieres por este burro cojo?

–Veinte pesetas.

–Te doy veinte perras. No creas que yo lo compro para servirme de él; lo compro únicamente por su piel. Veo que tiene la piel muy dura, y con ella quiero hacerme un tambor para la banda de música de mi pueblo.

¡Ya imaginaréis, muchachos, el placer que experimentaría el pobre Pinocho cuando oyó que estaba destinado a ser un tambor!

Naturalmente, el comprador, tan pronto como hubo pagado las veinte perras, condujo al burro sobre un escollo que estaba en la orilla del mar, y poniéndole una piedra al cuello y atándolo por una pata con una cuerda que retuvo en la mano, le dio un empujón y lo tiró al agua.

Pinocho, con aquel pedrusco al cuello, se fue en seguida al fondo; y el comprador, teniendo siempre agarrada en la mano la cuerda, se sentó en la roca, esperando que el burro tuviese tiempo de morir ahogado, para después quitarle la piel.

CAPÍTULO XXXIV

Pinocho, arrojado al mar, es comido por los peces y vuelve a ser un muñeco; pero, mientras nada para salvarse, es tragado por el terrible Tiburón

Transcurridos cincuenta minutos de estar el burro bajo el agua, el comprador se dijo:

—A estas horas, mi pobre burro cojo debe estar ya bien ahogado. Saquémosle, pues, a flote, y hagamos con su piel un hermoso tambor.

Y empezó a tirar de la cuerda con que le había atado por una pata; y tira que tira, por fin vio aparecer a flor de agua... ¿adivináis? En lugar de un burro muerto, vio aparecer en la superficie a un polichinela vivo que rebullía como una anguila.

Al ver a aquel polichinela de madera, el pobre hombre creyó estar soñando y se quedó allí atontado, con la boca abierta y los ojos desorbitados.

Vuelto un poco de su primer estupor, dijo llorando y balbuciendo:

—¿Dónde está el burro que he tirado al mar?...

—¡Aquel burro soy yo! —contestó el polichinela, riendo.

—¿Tú?

—¡Yo!

—¡Ah, tunante! ¿Pretendes quizá burlarte de mí?

—¿Burlarme de vos? Todo lo contrario, querido patrón; hablo en serio.

—Pero ¿cómo es posible que tú, que hasta hace poco eras un burro, ahora, estando en el agua, te hayas convertido en un polichinela de madera?

—Será por efecto del agua de mar. El mar acostumbra gastar estas bromas.

—¡Cuidado, polichinela, cuidado!... No creas que te vas a divertir a mi costa. ¡Pobre de ti si se me acaba la paciencia!

—Bien, patrón; ¿queréis saber toda la historia verdadera? Soltadme esta pierna y os la contaré.

El bueno del comprador, curioso por conocer la historia real, le desató inmediatamente el nudo de la cuerda a que estaba atado, y entonces Pinocho, sintiéndose libre como un pájaro en el aire, empezó a decirle así:

—Sabed, pues, que yo era un polichinela de madera como soy ahora; ya estaba a punto de transformarme en un muchacho, como tantos otros que hay en este mundo; pero, por mis pocas ganas de estudiar y por dar crédito a los malos compañeros, me escapé de casa... y un buen día, al despertarme, me hallé convertido en un burro con dos estupendas orejas… ¡y con una estupenda cola!… ¡Qué vergüenza me dio!… Una vergüenza, querido patrón…, ¡que san Antonio bendito no os la haga pasar también a vos! Llevado a vender al mercado de los burros, fui comprado por el director de una compañía ecuestre, a quien se le metió en la cabeza hacer de mí un gran bailarín y un gran saltador de aros; pero una noche, durante el espectáculo, sufrí una gran caída y me quedé cojo de las dos patas. Entonces el director, no sabiendo qué hacer de un burro cojo, me volvió a vender, ¡y vos me comprasteis!

–¡Demasiado lo sé! Te he comprado por veinte perras. ¿Y ahora quién me devuelve mis pobres veinte perras?

–¿Y para qué me habéis comprado? ¡Vos me habéis comprado para hacer con mi piel un tambor!… ¡Un tambor!…

–¡Claro está! ¿Dónde hallaré ahora otra piel?…

–No os desesperéis, patrón. ¡Hay tantos burros en el mundo!

–Dime, pilluelo impertinente: ¿tu historia termina aquí?

–No –contestó el polichinela–, he de añadir unas palabras y estará terminada. Después de haberme comprado, me habéis conducido a este lugar para matarme; pero luego, cediendo a un piadoso sentimiento de humanidad, habéis preferido atarme una piedra al cuello y echarme al fondo del mar. Este sentimiento de delicadeza os honra muchísimo y os conservaré eterno agradecimiento. Además, querido patrón, esta vez habéis hecho vuestros cálculos sin contar con el Hada…

–¿Quién es el Hada?

–Es mi madre; la cual se parece a todas las madres buenas que quieren muchísimo a sus hijos y no los pierden nunca de vista, y los asisten amorosamente en toda desgracia, aun cuando esos hijos, por sus calaveradas y por su mala conducta, mereciesen ser abandonados a su propia suerte. Decía, pues, que la buena Hada, tan pronto como me vio en peligro de ahogarme, mandó inmediatamente a mi alrededor a una bandada infinita de peces, los cuales, creyéndome de veras un burro muerto, empezaron a comerme. ¡Y qué bocados que daban! No habría creído nunca que los peces fuesen todavía más voraces que los chicos. Unos me comieron las orejas, otros el hocico, otros el cuello y la crin, otros la piel de las patas, otros la del lomo… y, entre los restantes, hubo un pececito tan amable que hasta se dignó comerme la cola.

–De hoy en adelante –dijo el comprador, horrorizado–, juro no comer más carne de pescado. ¡Me disgustaría muchísimo abrir un salmonete o una pescadilla frita y encontrarme en su barriga una cola de burro!

–Yo pienso como vos –replicó el polichinela riendo–. Por lo demás, debéis saber que cuando los peces terminaron de comerse la piel de burro que me cubría por completo, llegaron, como es natural, a los huesos… o mejor dicho, llegaron a la madera, porque, según veis, yo estoy hecho de madera durísima. Pero después de dar los primeros mordiscos, aquellos peces glotones advirtieron inmediatamente que la madera no era carne para sus dientes. Asqueados de aquella comida indigesta, se fueron cada uno por su lado, sin volverse siquiera a darme las gracias… He aquí explicado cómo y de qué manera vos, tirando de la cuerda, habéis encontrado un polichinela vivo en vez de un burro muerto.

–Me río de tu historia –gritó el comprador, encolerizado–. Yo sólo sé que me he gastado veinte perras en tu adquisición y quiero recuperarlas. ¿Sabes lo que haré? Te volveré a llevar al mercado y te venderé de nuevo a peso de madera para encender las chimeneas.

–Podéis hacerlo, no me importa –dijo Pinocho–. Pero, así diciendo, dio un gran salto y cayó al agua. Nadando alegremente y alejándose de la playa, gritaba al pobre comprador–: ¡Adiós, patrón; si tenéis necesidad de una piel para hacer un tambor, acordaos de mí! Y después se reía y seguía nadando; al poco rato, volviéndose, gritaba más fuerte–: ¡Adiós, patrón; si tenéis necesidad de un trozo de madera para encender la chimenea, acordaos de mí!

Excuso deciros que en un abrir y cerrar de ojos se había alejado tanto, que ya no se divisaba casi; es decir, se veía solamente, sobre la superficie del mar, un puntito negro, que, de cuando en cuando, sacaba las piernas fuera del agua haciendo cabriolas y saltos, como un alegre delfín.

Mientras Pinocho nadaba a la ventura, vio en medio del mar un escollo que parecía de mármol blanco, y, en lo alto del mismo, una bella cabrita que balaba amorosamente y le hacía señales de que se aproximase.

Lo más singular era esto: que la lana de la cabrita, en lugar de ser blanca, o negra, o mezclada, como la de las otras cabras, era azul, pero de un color azul tan deslumbrador, que recordaba muchísimo los cabellos de la hermosa Niña.

¡Ya podéis imaginaros cómo latiría de fuerte el corazón del pobre Pinocho! Redoblando su velocidad y su energía, se dirigió nadando hacia el blanco escollo, y ya estaba a medio camino cuando, de pronto, vio salir fuera del agua, yendo a su encuentro, una horrible cabeza de monstruo marino, con la boca abierta como un abismo y tres hileras de colmillos que hubieran dado también miedo aun viéndolos sólo pintados.

¿Sabéis quién era aquel monstruo? Aquel monstruo era ni más ni menos que el gigantesco Tiburón, citado otras veces en esta historia, y que, por sus estragos y su insaciable voracidad, era denominado «el Atila de los peces y de los pescadores».

Imaginaos el espanto del pobre Pinocho a la vista del monstruo. Trató de esquivarlo, de cambiar de dirección; intentó huir, pero aquella inmensa boca abierta le salía siempre al paso con la velocidad de una saeta.

–¡Date prisa, Pinocho, por caridad! –gritaba balando la bella Cabrita.

Y Pinocho nadaba desesperadamente con los brazos, con el pecho, con las piernas y con los pies.

–¡Cuidado, Pinocho!... ¡El monstruo te alcanza!... ¡Ya está ahí!... ¡Ya está ahí!... ¡Apresúrate, por piedad, o estás perdido!...

Pinocho nadaba cada vez más, avanzaba como una bala de fusil. ¡Ya estaba cerca del escollo, y ya la Cabrita, inclinándose toda hacia el mar, le tendía sus patitas delanteras para ayudarle a salir del agua!...

¡Pero ya era tarde! El monstruo lo había alcanzado; el monstruo hizo una aspiración y se bebió al pobre polichinela como hubiera podido hacerlo con un huevo de gallina; y se lo tragó con tanta violencia y con tal avidez, que Pinocho, entrando en el cuerpo del Tiburón, se dio un golpe tan fuerte que quedó aturdido durante un cuarto de hora.

Cuando salió del aturdimiento, no podía hacerse cargo de dónde se encontraba. A su alrededor sólo había una gran oscuridad, pero tan negra y profunda que le parecía haber entrado de cabeza en un tintero lleno de tinta. Se puso a escuchar y no oyó rumor alguno; sólo de vez en cuando sentía golpearle en la cara algunas ráfagas de aire. Al principio no podía comprender de dónde venía aquel viento; pero después se dio cuenta de que salía de los pulmones del monstruo. Porque habéis de saber que el Tiburón sufría muchísimo de asma, y cuando respiraba parecía talmente que soplase la tramontana.

Pinocho, al principio, intentó hacerse el valiente, mas cuando tuvo la certeza absoluta de que estaba prisionero en el cuerpo del monstruo, comenzó a llorar y gritar, y llorando decía:

–¡Auxilio! ¡Auxilio! ¡Oh, pobre de mí! ¿No hay nadie que venga a salvarme?

–¿Quién quieres que te salve, desgraciado?... –sonó en la oscuridad una voz de guitarra destemplada.

–¿Quién habla aquí? –preguntó Pinocho, sintiéndose helar de espanto.

–¡Soy yo! ¡Soy un pobre Atún, engullido por el Tiburón al mismo tiempo que tú! ¿Y tú, qué pez eres?

–Yo no tengo nada que ver con los peces. Soy un polichinela.

–Entonces, si no eres un pez, ¿por qué te has dejado tragar por el monstruo?

–¡No soy yo quien se ha dejado tragar; es él quien me ha tragado! Y ahora ¿qué vamos a hacer aquí, en esta oscuridad?

–¡Resignarnos a esperar que el Tiburón nos haya digerido a los dos!...

–¡Pero yo no quiero ser digerido! –exclamó Pinocho, volviendo a llorar.

–¡Tampoco yo lo querría –añadió el Atún–, pero yo soy bastante filósofo y me consuelo pensando que, cuando se nace Atún, es más digno morir bajo el agua que bajo el aceite!...

–¡Tonterías! –chilló Pinocho.

–Es una opinión mía –replicó el Atún–, y las opiniones, como dicen los atunes políticos, son respetables.

–En fin..., yo quiero irme de aquí, quiero huir...

–¡Huye si puedes!...

–¿Es muy grande este Tiburón que nos ha tragado? –preguntó el polichinela.

–Figúrate que su cuerpo tiene más de un kilómetro de largo, sin contar la cola.

Mientras sostenían esta conversación a oscuras, le pareció a Pinocho ver lejos, muy lejos, una especie de claridad.

–¿Qué puede ser aquella lucecita lejana? –preguntó Pinocho.

–¡Será algún compañero de infortunio, que esperará como nosotros el momento de ser digerido!...

–Quiero ir a su encuentro. ¿No podría darse el caso de que fuera algún pez viejo, capaz de enseñarme el camino para huir?

–Me alegraría de veras, querido polichinela.

–Adiós, Atún.

–Adiós, polichinela, y buena suerte.

–¿Dónde nos volveremos a ver?

–¡Quién lo sabe!... ¡Más vale no pensar siquiera en ello!

CAPÍTULO XXXV

Pinocho encuentra en el vientre del Tiburón... ¿A quién? Leed este capítulo y lo sabréis

Tan pronto como Pinocho dijo adiós a su buen amigo el Atún se puso a andar a tientas en medio de aquella oscuridad, dentro del vientre del Tiburón, encaminando sus pasos hacia aquella pequeña claridad que se vislumbraba a lo lejos.

Caminando, advertía que sus pies chapoteaban en un charco de agua grasienta y resbaladiza, cuya agua despedía un olor tan fuerte y penetrante que le parecía estar en plena Cuaresma.

Cuanto más avanzaba, más precisa se distinguía la luz; hasta que después de caminar y más caminar, por fin llegó, y cuando hubo llegado... ¿qué encontró? Adivinadlo si podéis; encontró una mesita puesta, con una vela encendida encima, encajada en el cuello de una botella de cristal verde, y, sentado a la mesa, a un viejecito muy blanco, como si fuese de nieve o de nata batida, el cual estaba allí masticando algunos pececitos vivos, tan vivos, que, a veces, mientras se los comía, se le escapaban de la misma boca.

Al verlo, el pobre Pinocho tuvo una alegría tan grande y tan inesperada, que por poco se vuelve loco. Quería decir mil cosas y, en lugar de ello, sólo emitía y balbuceaba confusamente palabras truncadas e incoherentes. Por fin pudo lanzar un grito de alegría y, abriendo los brazos y echándose al cuello del viejecito, empezó a exclamar:

–¡Oh padrecito mío! ¡Por fin os encuentro! ¡Ahora ya no os dejaré más, nunca más!

–Pero ¿es verdad que mis ojos no me engañan? –replicó el viejecito restregándoselos–. ¿Eres tú realmente mi querido Pinocho?

–¡Sí, sí, soy yo mismo! Y vos me habéis perdonado ya, ¿verdad? ¡Oh, padrecito mío, qué bueno sois!... ¡Y pensar que yo, en cambio...! ¡Oh, pero si supierais cuántas desgracias me han ocurrido y lo mal que me ha salido todo! Figuraos que el día en que vos, pobre padrecito, con el dinero de la venta de vuestra casaca, me comprasteis el Abecedario para ir a la escuela, yo me escapé para ir a ver los títeres, y el titiritero me quería echar al fuego para que se le acabase de asar el cordero. Después fue él mismo quien me dio cinco monedas de oro para que os las llevase a vos; pero me encontré con la Zorra y el Gato, que me condujeron a la posada del Cangrejo Rojo, donde comieron como lobos, y partiendo solo por la noche, encontré a los bandidos, que me persiguieron, y yo delante y ellos detrás, y yo delante y ellos

142

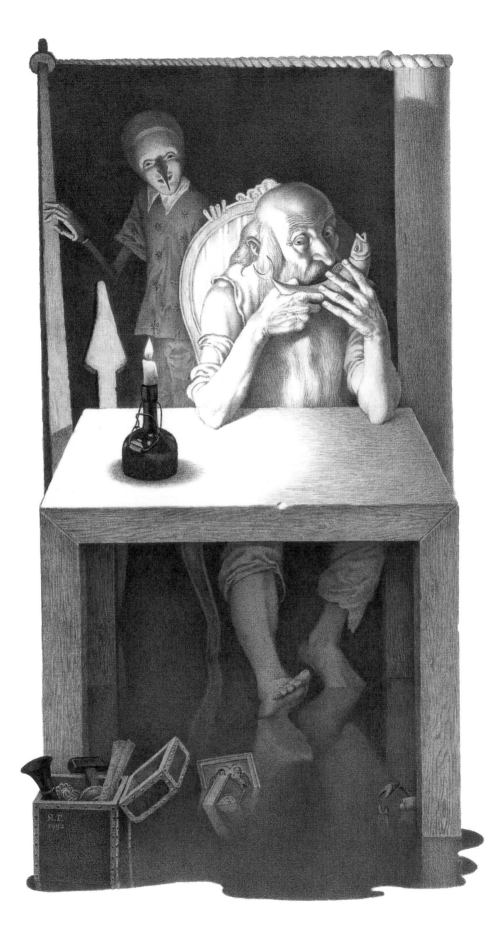

siempre detrás de mí, y yo delante, hasta que finalmente me colgaron de una rama de la Encina Grande, de donde la hermosa Niña de los Cabellos Azules me mandó recoger en una carrocita, y los médicos, cuando me visitaron, dijeron en seguida: «Si no está muerto, es señal de que aún está vivo». Y entonces se me escapó una mentira y la nariz empezó a crecerme y no cabía ya por la puerta de la habitación, motivo por el cual me fui con la Zorra y el Gato a enterrar las cuatro monedas de oro, porque una la había gastado en la posada, y el Papagayo se puso a reír, y en vez de dos mil monedas no hallé ninguna, por lo que el Juez, cuando supo que había sido robado, ordenó inmediatamente meterme en la cárcel para dar una satisfacción a los ladrones. Al ser puesto en libertad, vi un racimito de uva muy hermoso en una viña, y allí me quedé preso en un cepo, y el aldeano, con toda la razón, me puso un collar de perro para que vigilase el gallinero, hasta que reconoció mi inocencia y me dejó marchar; y la Serpiente con la cola que echaba humo, empezó a reír y se le reventó una vena del pecho, y así volví a la casa del Hada, que estaba muerta, y el Palomo, al ver que lloraba, me dijo: «He visto a tu padre, que estaba fabricándose una barquita para ir a buscarte». Y yo le dije: «¡Oh, si yo también tuviese alas!», y él me dijo: «¿Quieres ir con tu padre?», y yo le dije: «¡Ojalá! Pero ¿quién me llevará?». Y él me dijo: «Te llevaré yo», y yo le dije: «¿Cómo?», y él me dijo: «Móntate encima de mí», y así volamos toda la noche, y después, a la mañana, todos los pescadores que miraban el mar me dijeron: «Hay un pobre hombre en una barquita que está a punto de hundirse». Y os hice señas de que volvieseis a la playa...

—Te reconocí también yo —dijo Gepeto—, y habría vuelto muy a gusto a la playa, mas ¿cómo hacerlo? El mar estaba muy picado y una oleada hizo zozobrar la barquita. Entonces, un terrible Tiburón que estaba por allí cerca, tan pronto como me vio en el agua, vino inmediatamente a mi encuentro y, sacando la lengua, me agarró sin ningún miramiento y se me engulló como si hubiera sido una pasta de té.

—¿Y cuánto tiempo hace que estáis encerrado aquí dentro? —preguntó Pinocho.

—Desde aquel día hasta hoy, han pasado dos años. ¡Dos años, Pinocho mío, que me han parecido dos siglos!

—¿Cómo os habéis arreglado para vivir? ¿Dónde habéis encontrado la vela? ¿Y las cerillas para encenderla, quién os las ha dado?

—Ahora te lo explicaré todo. Has de saber que aquella misma tormenta que hundió mi barquita, hizo zozobrar también a un barco mercante. Los marineros se salvaron todos, pero el vapor se fue a pique, y el mismo Tiburón, que aquel día tenía un apetito excelente, después de habérseme tragado a mí, se tragó también al buque...

—¿Cómo? ¿Se lo tragó todo de un bocado?... —preguntó Pinocho maravillado.

—Todo de un bocado; escupió únicamente el palo mayor, que se le había quedado entre los dientes como si fuera una espina. Por mi fortuna, aquel barco estaba cargado de carne conservada en latas, de galletas, o sea de pan de marinero, de botellas de vino, de pasas, de queso, de café, de azúcar, de velas y de cajas de cerillas. Con toda aquella gloria de Dios he podido sostenerme dos años; pero hoy estoy ya en las últimas: hoy, en la despensa, ya no hay nada, y esta vela que ves encendida es la última que me queda...

—¿Y después?...

–Después, hijo mío, nos quedaremos los dos a oscuras.

–Entonces, padrecito mío –dijo Pinocho–, no hay tiempo que perder. Hay que pensar en huir en seguida de aquí...

–¿Huir?... ¿Y cómo?

–Escapándonos por la boca del Tiburón y echándonos a nado al mar.

–Eso está muy bien para ti, pero yo, querido Pinocho, no sé nadar.

–¿Qué importa?... Vos montaréis a caballo sobre mis espaldas, y yo, que soy un buen nadador, os llevaré sano y salvo hasta la playa.

–¡Ilusiones, hijo mío! –replicó Gepeto, moviendo la cabeza y sonriendo melancólicamente–. ¿Te parece posible que un polichinela como tú, que apenas mide un metro de estatura, pueda tener tanta fuerza como para llevarme a nado sobre sus espaldas?

–¡Probémoslo y veréis! De todos modos, si está decretado por el cielo que debemos morir, tendremos al menos el gran consuelo de morir abrazados juntos.

Y sin añadir más, Pinocho cogió la candela, y adelantándose para alumbrar, dijo a su padre:

–Seguidme y no tengáis miedo.

Así anduvieron un gran rato, atravesando casi todo el cuerpo del Tiburón. Pero cuando llegaron al sitio donde empezaba el gran cuello del monstruo, pensaron que lo mejor era detenerse con objeto de dar una ojeada y escoger el momento oportuno para la huida.

Es preciso que os diga antes que el Tiburón, como iba siendo ya muy viejo y sufría de asma y de palpitaciones del corazón, se veía obligado a dormir con la boca abierta; por lo cual Pinocho, asomándose por el nacimiento de la garganta y mirando hacia arriba, pudo ver, a través de aquella enorme boca abierta, un hermoso trozo de cielo estrellado y una bellísima claridad lunar.

–Éste es el momento oportuno para escaparnos –cuchicheó entonces dirigiéndose a su padre–. El pez duerme como un lirón; el mar está tranquilo y se ve como si fuese de día. Venid, pues, padrecito, detrás de mí, y dentro de poco estaremos a salvo.

Dicho y hecho, subieron por la garganta del monstruo, y una vez llegados a aquella inmensa boca, comenzaron a andar de puntillas por la lengua; una lengua tan ancha y tan larga que parecía la avenida de un jardín. Estaban ya a punto de dar el gran salto y de echarse a nadar al mar, cuando en el preciso momento el Tiburón estornudó y, al estornudar, dio una sacudida tan violenta, que Pinocho y Gepeto fueron rechazados hacia dentro, yendo a parar nuevamente al fondo del estómago del monstruo.

Con el gran choque de la caída la vela se apagó, y padre e hijo quedaron a oscuras.

–¿Y ahora?... –preguntó Pinocho quedándose serio.

–Ahora, hijo mío, estamos perdidos.

–¿Por qué perdidos? ¡Dadme la mano, padrecito, y tened cuidado de no resbalar!...

–¿Adónde me conduces?

–Debemos volver a intentar la fuga. Venid conmigo y no tengáis miedo.

Dicho esto, Pinocho tomó a su padre de la mano y, caminando siempre de puntillas, volvieron a subir juntos por la garganta del monstruo; después atravesaron toda la lengua y salvaron las tres hileras de dientes. Pero antes de dar el gran salto, el polichinela dijo a su padre:

–Montad a caballo sobre mis espaldas y abrazadme fuerte. De todo lo demás me encargo yo.

Tan pronto como Gepeto se acomodó lo mejor que pudo sobre las espaldas de su hijito, Pinocho, seguro de sí mismo, se arrojó al agua y empezó a nadar. El mar estaba tranquilo como una balsa de aceite, la luna resplandecía con toda su claridad y el Tiburón seguía durmiendo con un sueño tan profundo que no lo habría interrumpido un cañonazo.

CAPÍTULO XXXVI

Por fin Pinocho deja de ser un muñeco y se transforma en un muchacho

Mientras Pinocho nadaba rápidamente para alcanzar la playa, advirtió que su padre, el cual iba a caballo sobre sus espaldas y tenía las piernas metidas en el agua, temblaba sin cesar como si el pobre hombre se sintiese acometido por un acceso de fiebre.

¿Temblaba de frío o de miedo? ¡Quién lo sabe!... Quizás un poco por las dos cosas. Pero Pinocho, creyendo que aquel temblor era producido por el miedo, le dijo para confortarlo:

–¡Valor, padre! Dentro de pocos minutos llegaremos a tierra y estaremos a salvo.

–Pero ¿dónde está esa bendita playa? –preguntó el viejecito cada vez más inquieto, aguzando la vista como hacen los sastres cuando enhebran una aguja–. Heme aquí mirando a todas partes y no veo más que cielo y mar.

–Pues yo veo también la playa –dijo el polichinela–. Habéis de saber que soy como los gatos: veo mejor de noche que de día.

El pobre Pinocho fingía estar de buen humor; pero lo cierto era... Lo cierto era que empezaba a descorazonarse: las fuerzas le disminuían, su respiración se hacía fuerte y fatigosa..., en una palabra, no podía más y la playa estaba aún muy lejana.

Nadó mientras le quedaron alientos; después, volvió la cabeza hacia Gepeto y dijo con palabras entrecortadas:

–¡Padre mío, socorro…, que me muero!

Padre e hijo estaban ya a punto de ahogarse, cuando oyeron una voz de guitarra destemplada que decía:

–¿Quién es el que se muere?

–Soy yo y mi pobre padre.

–¡Yo conozco esta voz! ¡Tú eres Pinocho!...

–Exactamente. ¿Y tú?

–Yo soy el Atún, tu compañero de cárcel en la barriga del Tiburón.

–¿Cómo has podido escaparte?

–He imitado tu ejemplo. Tú eres el que me enseñó el camino, y después de ti huí yo.

–¡Atún querido, no puedes llegar más a tiempo! Te lo ruego, por el amor de los atuncitos, tus hijitos: ayúdanos, o estamos perdidos.

–De todo corazón. Agarraos los dos a mi cola y dejaos guiar. En cuatro minutos os conduciré a la orilla.

Gepeto y Pinocho, como ya imaginaréis, aceptaron inmediatamente la invitación; pero en lugar de agarrarse a la cola, juzgaron más cómodo ponerse, sin más cumplidos, sobre el lomo del Atún.

–¿Pesamos demasiado? –le preguntó Pinocho.

–¡Ni pizca! Parece que lleve encima dos cáscaras de almeja –respondió el Atún, que era de una constitución tan fuerte y robusta, que parecía un ternero de dos años.

Llegados a la orilla, Pinocho saltó el primero a tierra, para ayudar a su padre a hacer lo mismo; después, dirigiéndose al Atún, le dijo con voz conmovida:

–Amigo mío, has salvado a mi padre. No tengo, pues, palabras bastantes para darte las gracias. Permíteme al menos que te dé un beso en señal de eterna gratitud...

El Atún sacó el morro fuera del agua, y Pinocho, arrodillándose, le dio un afectuosísimo beso en la boca. Ante esta demostración de espontánea y vivísima ternura, el pobre Atún, que no estaba acostumbrado a estas cosas, se sintió tan conmovido que, avergonzándose de que le vieran llorar como un niño, escondió la cabeza bajo el agua y desapareció.

Entre tanto, se había hecho de día. Entonces Pinocho, ofreciendo su brazo a Gepeto, que apenas tenía fuerzas para sostenerse de pie, le dijo:

–Apoyaos en mi brazo, querido padrecito, y vámonos. Andaremos despacito como las hormigas, y cuando estemos cansados reposaremos en el camino.

–¿Adónde vamos ahora? –preguntó Gepeto.

–En busca de una casa o cabaña donde nos den por caridad un bocado de pan y un poco de paja que nos sirva de lecho.

Apenas habían andado cien pasos, cuando vieron sentadas en el borde del camino dos feas figuras, las cuales estaban allí en actitud de pedir limosna.

Eran el Gato y la Zorra, pero no parecían los mismos que conocimos una vez. Figuraos que el Gato, a fuerza de fingirse ciego, se había quedado ciego de veras; y a la Zorra, envejecida, cubierta de tiña y paralítica de un lado, no le quedaba ni siquiera la cola. Así suele suceder. Aquella triste ladronzuela, caída en la más vergonzosa miseria, un buen día se vio obligada a vender hasta su bellísima cola a un mercader ambulante, que se la compró para hacerse un espantamoscas.

–¡Oh Pinocho –exclamó la Zorra con voz llorosa–, socorre un poco a estos enfermos!

–¡Enfermos! –repitió el Gato.

–¡Que el diablo os confunda, embusteros! –contestó el polichinela–. Me habéis engañado una vez, pero ya no me volveréis a engañar más.

–¡Créenos, Pinocho, que hoy somos pobres y desgraciados de verdad!

–¡De verdad! –repitió el Gato.

–Si sois pobres, os lo merecéis. Acordaos del refrán que dice: «Dinero robado no aprovecha». Adiós, tunantes.

–¡Ten compasión de nosotros!...

–¡De nosotros!...

–¡Adiós, tunantes! Acordaos del refrán que dice: «La harina del diablo se convierte en salvado».

–¡No nos abandones!...

–¡... ones! –repitió el Gato.

–¡Adiós, mentirosos! Acordaos del proverbio que dice: «Quien roba la capa a su prójimo, suele morir sin camisa».

Así diciendo, Pinocho y Gepeto continuaron tranquilamente su camino, hasta que, andados otros cien pasos, vieron al final de una vereda, en medio del campo, una linda cabaña de paja, con el techo cubierto de tejas y ladrillos.

–Aquella cabaña debe de estar habitada por alguien –dijo Pinocho–. Vamos y llamaremos.

En efecto, fueron y llamaron a la puerta.

–¿Quién llama? –preguntó una vocecita desde dentro.

–Somos un pobre padre y un pobre hijo, sin pan y sin lecho –contestó el polichinela.

–Dad la vuelta a la llave y se abrirá la puerta.

Tan pronto entraron, miraron a su alrededor y no vieron a nadie.

–¿Dónde está el dueño de la cabaña? –dijo Pinocho, maravillado.

–¡Estoy aquí arriba!

Padre e hijo levantaron inmediatamente la vista y vieron sobre una viga del techo al Grillo-Parlante.

–¡Oh, mi querido Grillito! –exclamó Pinocho saludándole amablemente.

–Ahora me llamas «tu querido Grillito», ¿verdad? Pero ¿te acuerdas de cuando me tiraste una maza de madera para echarme de tu casa?...

–¡Tienes razón, Grillito! Échame también a mí..., tírame también una maza de madera, pero ten piedad de mi pobre padre...

–Tendré piedad del padre y también del hijo; pero he querido recordarte el mal trato que me diste para demostrarte que en este mundo, siempre que se puede, es preciso mostrarse cortés con todos, si queremos que el día de mañana nos traten a nosotros de la misma manera.

–Tienes razón, Grillito, tienes razón de sobra y no olvidaré nunca la lección que me has dado. Pero dime, ¿cómo te las has arreglado para poder comprar esta cabaña tan linda?

–Esta cabaña me la regaló ayer una preciosa cabra que tenía la piel de un bellísimo color azul.

–¿Dónde está la cabra? –preguntó Pinocho con vivísima curiosidad.

–No lo sé.

–¿Y cuándo volverá?...

–No volverá nunca. Ayer se marchó muy afligida, y, balando, parecía decir: «¡Pobre Pinocho..., no lo volveré a ver más...; a estas fechas, el Tiburón ya lo habrá devorado!...».

–¿Lo dijo exactamente así?... ¡Pues era ella!... ¡Era ella!... ¡Era mi querida Hada!... –empezó a chillar Pinocho, sollozando desconsoladamente.

Después de haberse desahogado bien, se enjugó los ojos, y preparando un buen lecho de paja, hizo acostarse allí al viejo Gepeto. Después preguntó al Grillo-Parlante:

–Dime, Grillito: ¿dónde podría encontrar un vaso de leche para mi pobre padre?

–A tres campos de distancia de aquí hallarás la vivienda de Juan el hortelano, que tiene vacas. Llégate hasta él y te facilitará la leche que buscas.

Pinocho fue en una corrida a casa del hortelano Juan, pero éste le dijo:

–¿Cuánta leche quieres?

–Quiero un vaso lleno.

–Un vaso de leche cuesta una perra chica. Dámela por anticipado.

–No tengo ni siquiera un céntimo –contestó Pinocho, muy humillado y dolido.

–Malo, querido polichinela –replicó el hortelano–. Si tú no tienes ni siquiera un céntimo, yo no tengo ni siquiera un dedo de leche.

–¡Paciencia! –dijo Pinocho, e hizo ademán de irse.

–Espera un momento –dijo Juan–. Podemos hacer un arreglo entre los dos. ¿Quieres dar vueltas a la noria?

–¿Qué es la noria?

–Es una máquina de madera que sirve para sacar agua de la cisterna para regar las hortalizas.

–Lo probaré...

–Entonces, sácame cien cubos de agua y, en recompensa, te regalaré un vaso de leche.

–Está bien.

Juan condujo al polichinela al huerto y le enseñó la manera de hacer girar la noria. Pinocho se puso en seguida manos a la obra; pero antes de haber sacado los cien cubos de agua, ya estaba chorreando sudor desde la cabeza a los pies. Un cansancio de tal naturaleza no lo había tenido nunca.

–Hasta ahora, este trabajo de hacer girar la noria –dijo el hortelano–, se lo he hecho hacer a mi burro; pero hoy el pobre animal está moribundo.

–¿Queréis llevarme a verlo? –dijo Pinocho.

–Con mucho gusto.

Tan pronto como Pinocho entró en la cuadra, vio a un bonito burro tendido en la paja, extenuado por el hambre y por el exceso de trabajo. Después de haberlo mirado fijamente, se dijo para su interior, turbándose:

«¡Yo conozco a este burro! ¡No me resulta nueva su fisonomía!»

E inclinándose hasta llegar a su oído, le preguntó en dialecto asnal:

–¿Quién eres?

Al oír esta pregunta, el burro abrió los mortecinos ojos, y respondió, balbuceando, en el mismo dialecto:

—Soy Pa... bi... lo...

Luego, cerró los ojos y expiró.

—¡Oh, pobre Pabilo! —exclamó Pinocho a media voz; y tomando un puñado de paja, se enjugó una lágrima que le resbalaba por la cara.

—¿Tanto te conmueves por un burro que no te cuesta nada? —dijo el hortelano—. ¿Qué tendría que hacer yo, que lo compré con dinero contante y sonante?

—Os diré... ¡era un amigo mío!...

—¿Amigo tuyo?

—¡Un compañero mío de escuela!...

—¿Cómo? —exclamó Juan prorrumpiendo en una gran carcajada—. ¿Cómo? ¿Tenías por compañeros de escuela a los burros? ¡Me imagino los grandes estudios que habrás hecho!

El polichinela, sintiéndose mortificado por aquellas palabras, no contestó; pero cogió su vaso de leche casi caliente y regresó a la cabaña.

Desde aquel día en adelante, continuó durante más de cinco meses levantándose todas las mañanas antes del alba para ir a dar vueltas a la noria y ganarse así aquel vaso de leche que tanto bien hacía a la salud quebrantada de su padre.

No se contentó con esto sólo, sino que, a ratos perdidos, aprendió también a fabricar cestos y paneras de mimbre, y con el producto que sacaba de ello, proveía con muchísimo juicio a todas las necesidades diarias. Entre otras cosas, construyó por sí mismo un elegante carrito para llevar de paseo a su padre los días de sol, y para hacerle respirar aire puro.

En las veladas se ejercitaba leyendo y escribiendo. Había adquirido en el pueblo vecino, por pocos céntimos, un gran libro, al cual le faltaban la cubierta y el índice, y en él leía. En cuanto a la escritura, se servía para ello de una astilla afilada como si fuese una pluma; y no teniendo ni tintero ni tinta, la mojaba en un frasquito lleno de jugo de moras y de cerezas.

Lo cierto es que con su buena voluntad, su ingenio, su trabajo y su deseo de salir adelante, no sólo había logrado mantener casi desahogadamente a su padre, siempre delicado, sino que además había podido reservar aparte unos cuantos reales para comprarse un vestidito nuevo.

Una mañana dijo a su padre:

—Voy hasta el mercado vecino, a comprarme una chaqueta, un gorro y un par de zapatos. Cuando vuelva a casa —añadió riendo—, estaré tan bien vestido que me confundiréis con un gran señor.

Saliendo de casa, empezó a correr muy alegre y contento.

De repente, oyó que le llamaban por su nombre, y volviéndose, vio un hermoso Caracol que salía de la hierba.

—¿No me reconoces? —preguntó el Caracol.

—Me parece que sí y me parece que no...

—¿No te acuerdas de aquel Caracol que estaba de criado en casa del Hada de los Cabellos

Azules? ¿No te acuerdas de aquella vez que salí a alumbrarte y tú te quedaste con un pie clavado en la puerta de la casa?

–¡Me acuerdo de todo! –exclamó Pinocho–. Contéstame inmediatamente, Caracolito hermoso: ¿dónde has dejado a mi buena Hada? ¿Qué hace? ¿Me ha perdonado? ¿Se acuerda de mí? ¿Me quiere aún? ¿Está muy lejos de aquí? ¿Podría ir a buscarla?

A todas estas preguntas hechas precipitadamente y sin tomar aliento, el Caracol contestó con su acostumbrada flema:

–¡Pinocho mío! ¡La pobre Hada yace en una cama en el hospital!...

–¿En el hospital?

–¡Desgraciadamente! Herida por mil desgracias, ha enfermado gravemente y no tiene ni para comprarse pan.

–¿Es posible?... ¡Oh, qué dolor tan grande me has producido! ¡Oh, pobre Hada mía!... Si tuviese un millón correría a llevárselo... Pero no tengo más que unos reales... helos aquí; iba precisamente a comprarme un vestido nuevo. Tómalos, Caracol, y llévaselos inmediatamente a mi buena Hada.

–¿Y tu vestido nuevo?...

–¿Qué me importa el vestido nuevo? ¡Vendería hasta estos trapos que llevo encima, para poderla ayudar! Vete, Caracol, y date prisa; y dentro de dos días vuelve aquí, que espero poder darte algún otro real. Hasta ahora he trabajado para mantener a mi padre; de hoy en adelante trabajaré cinco horas más para mantener también a mi buena madre. Adiós, Caracol, y dentro de dos días te espero.

El Caracol, contra su costumbre, empezó a correr como una lagartija en plena canícula.

Cuando Pinocho llegó a su casa, su padre le preguntó:

–¿Y el vestido nuevo?

–No me ha sido posible encontrar ninguno que me estuviese bien. ¡Paciencia!... Lo compraré otra vez.

Aquella noche, Pinocho, en lugar de velar hasta las diez, veló hasta pasada la medianoche; y en lugar de hacer ocho cestos de mimbre hizo dieciséis.

Luego, se fue a la cama y se durmió. Y durmiendo, le pareció ver en sueños al Hada, bella y sonriente, la cual, después de haberle dado un beso, le dijo así:

–¡Bravo, Pinocho! En gracia a tu buen corazón, te perdono todas las diabluras que has hecho hasta hoy. Los hijos que asisten amorosamente a sus padres en sus miserias y enfermedades, son merecedores de que se les quiera y se les elogie, aunque no puedan ser citados como modelos de obediencia y de buena conducta. En adelante, ten juicio y serás feliz.

Al llegar a este punto, el sueño se interrumpió y Pinocho se despertó abriendo los ojos desmesuradamente.

Ahora imaginaos vosotros cuál sería su estupor cuando, al despertar, advirtió que ya no era un polichinela de madera, sino que se había convertido en un chico como los demás.

Echó una ojeada a su alrededor y, en lugar de las acostumbradas paredes de paja de la cabaña, vio una bella habitacioncita amueblada y decorada con una simplicidad casi elegante.

Saltando de la cama, se encontró preparado un hermoso vestido nuevo, un gorro flamante y un par de polainas de piel, que le iban que ni pintados.

Tan pronto como se hubo vestido, se le ocurrió, naturalmente, meter las manos en los bolsillos y extrajo de uno de ellos un pequeño portamonedas de marfil, sobre el cual estaban escritas estas palabras: «El Hada de los Cabellos Azules restituye a su querido Pinocho su dinero y le da las más efusivas gracias por su buen corazón».

Abrió el portamonedas y, en vez de su calderilla, vio relucir en su fondo cuarenta monedas de oro de nuevo cuño.

Luego, fue a mirarse al espejo, y le pareció ser otro. No vio ya reflejada en él la acostumbrada imagen del polichinela de madera, sino la imagen viva e inteligente de un lindo muchacho con los cabellos castaños, los ojos celestes y con un aire alegre y festivo como la Pascua florida.

En medio de todas estas maravillas, que se sucedían unas a otras, Pinocho no sabía si estaba realmente despierto o si continuaba soñando con los ojos abiertos.

—¿Dónde está mi padre? —exclamó de repente.

Y entrando en la estancia contigua halló al viejo Gepeto sano, ágil y de buen humor, como antaño, el cual, habiendo reanudado inmediatamente su profesión de escultor en madera, estaba en aquel momento dibujando una bellísima cornisa, rica en follaje, flores y cabecitas de diversos animales.

—Satisfacedme una curiosidad, papaíto: ¿cómo se explica todo este cambio tan repentino? —le preguntó Pinocho saltando a su cuello y cubriéndolo de besos.

—Este cambio tan repentino en nuestra casa es debido a tus méritos —dijo Gepeto.

—¿Por qué a mis méritos?...

—Porque cuando los chicos, de malos, se convierten en buenos, tienen también la virtud de hacer adquirir un aspecto nuevo y sonriente a sus hogares.

—¿Dónde se habrá escondido el viejo Pinocho de madera?

—Helo ahí —contestó Gepeto, y le indicó un gran polichinela apoyado en una silla, con la cabeza inclinada a un lado, los brazos colgando y las piernas cruzadas y dobladas por la mitad, de tal forma que parecía un milagro que se pudiese sostener derecho.

Pinocho se volvió a contemplarlo y, cuando lo hubo observado un poco, dijo para sí con grandísima complacencia:

—¡Qué cómico resultaba yo cuando era un polichinela! ¡Y qué contento estoy ahora de haberme transformado en un chico como es debido!

fin

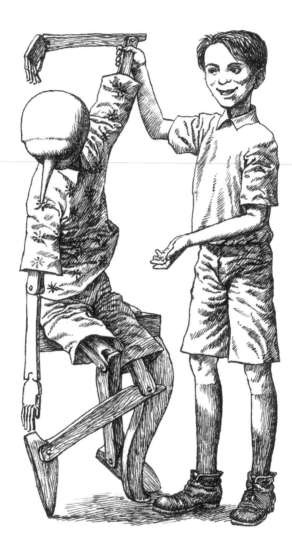

Título original: LE AVVENTURE DI PINOCCHIO
© EDITORIAL JUVENTUD, S. A. 2003
Provença, 101 - 08029 Barcelona
e-mail: info@editorialjuventud.es
www.editorialjuventud.es

Traducción de M. T. Dini
Primera edición, 2003
Depósito legal: B. 8671-2003
ISBN 84-261-3289-8
Núm. de edición de E. J.: 10.176
Impreso en España - Printed in Spain
A.V.C. Gràfiques, Avda. Generalitat, 39 - Sant Joan Despí (Barcelona)

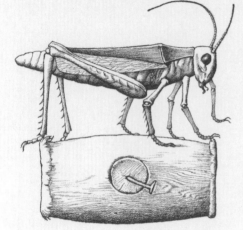